성검학원의 마검사

Demon's Sword Master of Excalibur School

[6]

글 시미즈 유우
그림 토사카 아사기

NOVEL ENGINE

Contents

Demon's Sword Master of Excalibur School

프롤로그

Demon's Sword Master of Excalibur School

——1000년 전.

로그너스 왕국, 라스 오르잔데 변경령.

죽음의 독기로 뒤덮여서 썩어버린, 검은 대지에——.

기묘한 기운을 내뿜는 두 존재가 있었다.

"물러나십시오, 기스아크 님. 저자는, 제가 없애겠습니다."

한 사람이 조용히 말했다.

탄탄한 체구의, 늠름한 사내였다.

허리까지 기른, 찬란히 빛나는 황금색 머리카락.

끝없는 어둠이 담긴, 칠흑빛 눈동자.

순백의 외투를 걸친 사내의 손에는 자기 키만 한 대검 한 자루가 쥐여져 있었다.

샤다르크 신 이그니스.

〈광명신들(루미너스 파워즈)〉의 선택을 받은, 인류의 희망.

〈육영웅〉 최강의——〈검성(劍聖)〉.

"저놈은 네 제자다. 벨 수 있겠나?"

그렇게 말한 자는, 머리가 용의 형태를 한 전사였다.

비늘 같은 갑주를 걸쳤으며, 외날 쌍검을 양손에 쥐고 있었다.

기스아크 세인트드래곤――〈육영웅〉의 〈용신(龍神)〉.

“물론입니다. 제 손으로, 어둠에 빠진 제자의 목숨을 거두겠습니다.”

검을 쥔 샤다르크는 눈앞에 펼쳐진 광경을 봤다.

지평선을 뒤덮은, 망자의 군단.

살아있는 자는 단 한 명도 없다.

막대한 마력에 조종당하고 있는, 수만이 넘는 로그너스 왕국 병사들의 유해다.

그 망자의 군대를 이끄는 건――.

거대한 검은 늑대에 걸터앉은, 〈불사자의 마왕(언데드 킹)〉―― 레오니스 데스 매그너스.

그리고, 상공에는 거대한 붉은 용이 이끄는 용 무리가 있었다.

“기스아크 님은, 저자를 상대해 주시길――.”

“〈용왕〉, 베이라인가. 나를 못 죽여서 안달이 났나 보군.”

용신 기스아크는 마룡산맥의 용을 몰살하고, 먹어 치웠다.

“좋다. 이번에야말로 저 계집을 먹어 주지.”

용신은 백은색 용으로 모습을 바꾸더니, 구름 속으로 모습을 감췄다.

그와 동시에, 샤다르크도 칼을 치켜들며 단숨에 도약했다.

“이 자리에서 해치워주마. 〈반역의 여신〉에게 매료되고 만, 못난 제자여!”

두우우우우우우우우우우우웅!!

대검의 칼날이 대지를 도려내더니, 빛의 충격파가 망자의 군

대를 쓸어버렸다.

——하지만, 〈언데드 킹〉은 태연하게 웃음을 터뜨렸다.

"그건 불가능한 일이다. 스승이여, 나는 네놈의 힘을 능가한 지 오래니까 말이지."

〈언데드 킹〉이, 어둠의 마력을 해방했다.

농밀한 죽음의 독기가, 썩은 대지를 노도처럼 삼키면서 영웅을 덮쳤다.

"이 〈검성〉도 얕보였나 보군!"

샤다르크의 온몸에서 빛의 투기가 뿜어져 나오더니, 어둠의 마력을 지웠다.

"마왕 레오니스! 그릇된 길에 들어서고 만 네놈을, 내 손으로 없애주마!"

마왕을 죽이는 무기——디 아크 세븐스, 〈오보로즈키(朧月)〉가, 파사의 힘을 지닌 푸른 빛을 뿜자——.

"인류의 영웅이여. 네놈도 내 〈죽음의 군대〉의 일원으로 만들어주마!"

죽음의 대지에, 파괴의 폭풍이 휘몰아쳤다.

제1장 마왕 졸 바디스

Demon's Sword Master of Excalibur School

"레오, 너는 대체…… 정체가 뭐야?"

호수의 수면처럼 맑디맑은 푸른 눈이, 레오니스를 주시했다.

현재 시각은 밤 9시. 기숙사의 자기 방에서 브라커스와 회의하고 있을 때, 리세리아가 찾아온 것이다.

리세리아는 종이 한 장을 손에 쥐고 있었다.

사도(死都) 〈네크로조아〉의 석상에 새겨져 있던 비문을, 해독했다고 한다.

거기에는 〈네크로조아〉를 지배한 자의 이름이 똑똑히 새겨져 있었다.

레오니스 데스 매그너스—— 죽은 자의 나라의 왕.

"으, 으음……."

레오니스는 뻔뻔하게 눈을 피하면서, 마른침을 꿀꺽 삼켰다.

(어, 어떻게, 고대의 신비문자를 해독한 거지?!)

끄으응…… 하고, 자신의 어리석음 탓에 이를 갈았다.

어째서, 그 비문을 몰래 파괴하지 않았던 것일까.

그녀가 고대 유적 조사에 범상치 않은 정열을 품고 있단 사실은 알고 있었다.

하지만, 설마, 고대의 신비문자를 해독할 줄은 몰랐다.
(고대 문자는, 역사에서 말소된 게 아니었던 건가?!)
그녀는 아버지의 서재에 있던 책을 이용해, 레오니스의 이름을 해독했다고 한다.
그러고 보니, 그녀의 아버지인 크리스타리아 공작은 유적의 연구자였다.
아무리 그래도, 이렇게 짧은 시간에 해독하다니…….
역시 내 권속답다며 칭찬해주고 싶지만, 지금은 그럴 수 없다.
레오니스의 정체는, 현대에 부활한 고대의 마도사――라는 설정이다.
어둠의 지배자 〈마왕〉이라는 사실이 알려지면――.
남들보다 더 성실하고, 정의감이 강한 리세리아는 대체 어떤 반응을 보일까.
(그때 그 인간들처럼……. 아니야. 리세리아는――.)
레오니스는 입술을 살짝 깨물었다. 그리고――.
"들켰으니, 어쩔 수 없네요."
자조하듯, 안타까운 어조로 중얼거렸다.
"레……오?"
리세리아의 푸른 눈동자가, 불안한 듯이 흔들렸다.
(미안하지만, 기억을 지워야겠군.)
그 정도 기억 조작이라면, 인격에 영향을 끼치지 않을 것이다.
리세리아의 머리를 향해 슬며시 손을 뻗은, 바로 그때였다.
"레오――."

리세리아가 갑자기 레오니스의 등을 꼭 끌어안았다.

"세리아…… 씨?"

"나는 레오의 보호자니까, 레오에 관한 거라면 뭐든 알고 싶어. 하지만 레오가 마음속에 숨겨두고 싶은 일까지, 억지로 캐묻지는 않을 거야. 만약 레오가 내가 알고 있는 레오가 아니라도, 나는 괜찮아. 그러니까——."

그녀의 백은색 머리카락이, 볼을 간지럽혔다.

리세리아에게 안긴 레오니스는——.

들어 올렸던 손을 슬며시 내렸다.

(기억 조작 같은 건, 자기 권속에게 할 짓이 아니지.)

단 한 번이라도 그런 짓을 했다간——.

레오니스와 리세리아의 관계는, 영원히 틀어질 것이다.

왠지, 그런 예감이 들었다.

◆

"실제로 저는, 그 유적의 폐허——〈네크로조아〉의 왕이라 불렸어요."

침대 위에서 리세리아와 나란히 앉은 레오니스가 말했다.

죽음을 지배하는 마도의 힘으로 무수한 스켈레톤과 밤의 마물을 수하로 삼으며, 왕국을 지배했다고 말이다.

"진짜로, 왕이었구나."

"네, 뭐……."

레오니스는 볼을 검지로 긁적이며 고개를 끄덕였다.
“하지만, 그 왕국은 멸망하고 말았어요.”
“어째서야?”
“이유는 여러 가지가 있지만, 한마디로 말하자면 저의 힘이 부족했던 거예요. 그렇다고 봐야, 하겠죠——.”
레오니스는 힘없이, 고개를 푹 숙였다.
“그럼 레오의 목적은 그 왕국을 다시 살리는 거야?”
“아뇨. 이미 왕국은 멸망했으니까요.”
〈네크로조아〉에 향수를 느끼지 않는 건 아니지만, 거기는 어디까지나 〈마왕군〉의 군사 거점이다.
레오니스에게 고향이란, 〈여신〉—— 로제리아가 있는 곳이다.
(게다가, 새로운 거점을 이미 손에 넣었거든——.)
레오니스는 이어서 말을 이었다.
“지금의 제 목적은, 소중한 사람을 찾는 거예요.”
“전에 레오가 이야기했던, 여자애구나.”
“네. 로제리아 이슈타리스, 그녀를 찾는 게 저의——.”
“로제리아…… 로제리아, 라면——.”
리세리아가 문득 생각난 것처럼, 예의 메모를 펼쳤다.
“그 이름도, 비문에 있었어.”
“그것까지 해독한 거예요?!”
“으, 응…….”
“그, 그랬군요…….”
레오니스는 감탄한 것 같은 투로 중얼거렸다.

고대 유적 마니아의 열정을, 아직도 얕보고 있었던 것 같다.

"그 사람도, 레오와 마찬가지로 마도사야?"

"아뇨, 그 사람은——."

레오니스는 잠시 생각에 잠긴 후, 말했다.

"아마, 평범한 여자애가 됐을 거예요."

◆

리세리아가 방에서 나가면서 레오니스가 혼자 있게 되자, 그의 발치에 드리워진 그림자가 흔들렸다.

"위험할 뻔했군, 매그너스 공."

그림자 안에서 모습을 드러낸 것은 거대한 칠흑빛 늑대, 브라커스다.

브라커스는 침대 위로 껑충 뛰어오르더니, 살짝 코를 킁킁거린 후에 말했다.

"왜 기억을 지우지 않은 거지?"

"그럴 필요가 없기 때문이다. 의심을 받을 때마다 기억을 지우는 것도 귀찮고 말이지."

"흠?"

브라커스는 납득하지 않는 눈치였다.

레오니스는 가볍게 탄식하고, 어깨를 으쓱했다.

"권속의 기억을 지우는 건, 〈마왕〉다운 방식이라고 할 수 없을 거다."

"마왕다운 방식, 인가. 그렇다면 나도 더는 아무 말도 하지 않겠어."

결국 레오니스는 리세리아에게, 자신이 〈마왕〉이라는 사실을 밝히지 않았다.

아직, 진실을 말할 수는 없다.

(언젠가, 정체를 밝혀야 하는 날이 찾아오겠지.)

하지만 지금은 그럴 때가 아니다. 환생한 로제리아를 보호하고, 〈마왕군〉을 다시 일으켜 세운 바로 그때, 전부 털어놓자.

"그것보다 신경 쓰이는 일이 있다."

어험 하고 헛기침을 한 레오니스는 침대에 걸터앉았다.

"뭐지?"

"크리스타리아 공작, 리세리아의 아버지에 관한 거다. 서재에서 공작의 수기를 발견했다고 했는데, 어째서 이 시대의 인간이 고대의 문자를 알고 있는 거지?"

〈네크로조아〉의 석상에 새겨진 비문은 평범한 고대 문자가 아니다.

고위의 신관만이 쓰는, 상위 신비문자다.

"생전에는 고대 유적의 연구자였다는데, 〈마왕〉에 관한 전승도 알고 있었다니 좀 신경이 쓰이는군. 이미 세상을 떠났다니, 아쉬운걸."

예전의 폐도(廢都)――〈제03전술도시(서드 어설트 가든)〉에는 〈보이드 로드〉가 된 〈성녀〉 티아레스 리자렉티아에 의해 부활한, 기사들의 영혼이 떠돌고 있었다.

하지만 그 안에서 리세리아의 아버지는 찾을 수 없었다.

"시체라도 있다면 〈사령술〉을 써서 구울로 되살릴 수 있을 텐데 말이지."

레오니스는 그런 섬뜩한 소리를 중얼거렸다.

반파된 〈서드 어설트 가든〉은 현재 〈성검학원〉에서 파견된 부대가 조사 중이지만, 시체가 발견될 가능성은 없을 것이다.

"뭐, 아무튼——."

레오니스가 신경 쓰이는 점은 더 있다.

마군참모 제마인은 〈네크로조아〉에서 뭘 하고 있었던 걸까?

"제마인, 그리고 네파케스 레이저드. 예전에 마왕군 소속이었던 자들이 몰래 무슨 짓을 꾸미고 있는 것 같군."

〈네크로조아〉의 〈여신신전〉에서, 제마인은 예언이란 말을 입에 담았다.

(예언, 이라…….)

레오니스가 아는 〈여신〉의 예언이란, 이 시대에 다시 태어난다는 것이다.

그것 말고, 다른 예언이 있는 것일까——.

"제마인은 〈네크로조아〉에서, 나를—— 〈언데드 킹〉을 부활시키려 했다. 아마 〈육영웅〉의 〈성녀〉와 베이라처럼, 나를 허무로 더럽혀서 〈보이드 로드〉로 만들 속셈이었겠지."

리세리아에 의해, 우연히 봉인이 풀리지 않았다면——.

레오니스는 지금쯤, 그 추악한 허무의 괴물로 변모했을지도 모른다.

“놈들은 〈육영웅〉, 그리고 〈마왕〉조차 이용하려는 것 같군.”

그 배후에 있는 건, 대체 누구일까——?

레오니스는 〈이계의 마왕〉, 아즈라 이르를 흑막으로 의심했지만, 제마인은 죽기 직전에 그것을 부정했다. 물론, 그 진위는 확실치 않다.

“제마인이 죽은 게 아쉬운걸.”

제마인은 레오니스의 눈앞에서 사망했다.

그 자리에 나타난 가면을 쓴 소녀가, 그 노인을 소멸시켰다.

죽음의 마술을 갈고닦은 레오니스라도, 완전히 소멸한 영혼을 되돌릴 수는 없다.

시체 인형으로 조종하는 건 가능하지만, 정보를 끄집어내는 건 불가능하다.

(그 여자, 누군가와 기운이 비슷한 것 같았는데…….)

——바로 그때였다.

“마왕님——.”

발치의 그림자에 물결이 일더니, 슈우욱…… 하면서 메이드복을 입은 소녀가 모습을 보였다.

암살 메이드인 셜리다.

“셜리, 무슨 일이냐?”

“급히 보고드릴 일이 있습니다, 마왕님.”

셜리는 치맛자락을 들어 올리면서 공손히 고개를 숙였다.

“음, 뭐지?”

“마왕님 휘하의 〈낭마중(狼魔衆)〉들이, 또 멋대로 행동을 시작했어요.”

“또냐…….”

레오니스는 탄식을 토하며 관자놀이를 눌렀다.

〈낭마중〉이란 예전에 왕족 전용함 〈히페리온〉을 습격한 테러리스트 〈왕랑파〉의 잔당인데, 레오니스가 그들을 수하로 삼았다.

그 숫자는 총 42명이다. 수인족을 중심으로 한 아인(亞人)으로 구성되어 있다.

직속 권속인 리세리아를 제외하면, 전생한 후에 처음으로 손에 넣은 부하다.

수인족은 역시 혈기 왕성한 자가 많아, 전에도 〈제06전술도시(젝스 어설트 가든)〉의 연구시설을 멋대로 습격해서 베이라의 폭주에 휘말렸다.

〈마왕〉에게의 충성심은 크지만, 레오니스에게 있어서는 골칫거리가 되어가고 있었다.

“그래서, 이번에는 무슨 짓을 벌인 거지?”

“네. 군항에 반입된 무기의 탈취를 계획하고 있는 것 같아요.”

“…….”

물론 레오니스는 그런 명령을 내린 적이 없다.

“하아. 언데드 부하를 다루는 것과는 여러모로 다른걸.”

레오니스는 탄식을 터뜨렸다.

“마왕님, 어떻게 하시겠어요?”

“좋아. 내가 가보지.”

레오니스는 몸을 일으키고, 허공에서 꺼낸 해골 가면을 썼다.

그러자 그림자가 온몸을 뒤덮더니, 레오니스의 몸은 외투를 걸친 키 큰 마신으로 변모했다.

〈마왕〉—— 졸 바디스.

〈성검학원〉에 다니는 열 살 소년은 양지의 모습이다.

이것이야말로 〈제07전술도시(세븐스 어설트 가든)〉의 어둠에서 암약하는 그의, 음지의 모습이다.

◆

"군항에 그 배가 입항했어. 그쪽 상황은 어때?"

"문제없지. 보초를 서는 솔저들은 이미 조용히 시켰다고."

"좋아. 창고에 들어가자."

다크 엘프 소녀, 레나는 작은 목소리로 그렇게 말한 후, 통신 단말의 전원을 껐다.

——〈세븐스 어설트 가든〉 군항 에어리어, 포트04.

〈보이드〉 전투용 무기와 탄약이 비축된, 거대한 창고 거리.

먹구름이 달빛을 차단하고 있지만, 구름에 반사된 무수한 서치라이트의 빛이 밤의 어둠을 비추고 있었다.

창고 지붕 위에 자리한 다수의 그림자가 소리 없이 지면에 내려섰다.

후드를 깊이 눌러쓰고 눈가를 가리는 가면을 쓴 그 집단은, 어둠 속에 몸을 숨긴 채 질주했다.

수인족을 중심으로 한 반(反) 제국 조직 〈왕랑파〉의 잔당 출신이자, 지금은 〈마왕〉 졸 바디스의 휘하에 있는 〈낭마중〉의 실행 부대다.

포트04에 군수물자가 가득 실린 배가 입항한다는 정보를 입수한 그들은 무기와 탄약을 탈취하기 위해, 창고를 습격한다는 계획을 세웠다.

(하아, 용사인 내가 좀도둑질을 하게 되다니…….)

레나의 옆에서 몸을 웅크리고 있는 비취색 머리카락의 소녀가 불만 섞인 한숨을 토했다.

신비적인 푸른 눈을 지닌, 아름다운 소녀였다. 체격은 열서너 살 어린애 같지만, 몸에 두른 분위기는 잘 벼린 칼날처럼 날카로웠다.

아르레 키르레시오.

태고의 숲에 있는 〈장로수(長老樹)〉가 보낸, 엘프 용사. 그녀의 사명은 이 시대에 부활했을 〈반역의 여신〉과, 그 권속인 〈마왕〉을 토벌하는 것――.

도시 경비대에게 쫓기는 와중에 이 테러리스트 집단에게 거둬지고, 〈낭마중〉의 배후에 있는 지도자가 〈마왕〉으로 불리는 존재라는 사실을 알았다.

〈마왕〉―― 졸 바디스.

그것은 〈반역의 여신〉 출현 이전에 세상 대부분을 지배했고, 용사 레오니스 셰아르트가 토벌한 구세계 마왕의 이름이다.

그 정체를 파악하기 위해 〈낭마중〉에 들어갔지만, 아르레는 아직 〈마왕〉을 알현할 지위에 오르지 못했다.

〈마왕〉에게 다가가고 싶다면, 조직에서 그에 상응하는 실력을 보여야 하는 것이다.

"이 계획은 네가 독단적으로 진행하는 거지?"

아르레는 레나에게 물었다.

"마왕── 으음, 마왕 폐하가 명한 건, 아닌 거잖아?"

"응, 맞아."

레나는 어찌 된 건지 의기양양하게 고개를 끄덕였다.

"마왕 폐하께서는 말씀하셨어. '나는 부하에게 충성심을 바란다. 하지만 좀비나 스켈레톤처럼, 명령을 충실히 수행하기만 하는 인형이 되라는 건 아니다.' 라고 말이야. 즉, 마왕 폐하께서는 직접 머리를 써서 행동하는 부하를 원하시는 거야."

레나는 검지를 세우며, 의기양양하게 대답했다.

"그런 거라고, 엘프 누님."

〈낭마종〉의 멤버는 모두 그 〈마왕〉이라는 자에게 심취된 것 같았다.

아르레는 목을 살짝 움츠리면서, 입안에서 야간투시 마술을 영창했다.

거대한 컨테이너가 운반용 차량에 의해 창고로 반입됐다.

바로 그때였다.

쿵, 쿠웅, 쿠우우우우웅──.

폭발음이 연이어 들려오더니, 공기가 격렬하게 떨렸다.

〈낭마종〉의 별동대가 양동작전을 개시한 것이다.

"가자, 아르레!"

"그래, 알았어."

아르레는 내키지 않는다는 투로 그렇게 말하면서 〈디 아크 세븐스〉를 손에 쥐었다.

밤의 어둠에 몸을 숨기며, 다섯 개의 그림자가 지붕에서 지붕으로 도약했다.

(역시 수인족들은 신체 능력이 뛰어나네.)

1000년 전, 수인 종족 대부분은 〈마왕〉 중 한 명인 수왕 가조스 그란비스트를 따르며, 강인한 육체와 손톱으로 왕국의 연합군을 전율케 했다.

그 압도적인 신체 능력은 이 시대까지도 이어져 내려온 것 같았다.

아르레는 지붕을 박차면서, 수인들의 앞에 섰다.

"물러나. 경비들은 내가 처리할게."

"뭐?! 신참 주제에 우리 공적을 채가려는 거냐?!"

덩치 큰 사자 수인족 사내가 으르렁거리듯 외쳤다.

"그런 게 아니라——."

"잘됐네. 이 기회에 실력을 구경하자."

수인들이 아르레에게 적의를 드러내자, 레나가 달래는 듯한 목소리로 말렸다.

"큭. 뭐, 네 말이라면 따르겠어."

"잡담은 그만하자. 아르레, 소드 엘프의 솜씨를 보여줘."

"응——."

검을 뽑아 든 아르레는 창고 지붕에서 뛰어내렸다.

“윽, 뭐, 뭐냐?! 네놈——.”

야간투시장치를 장비한 경비병들이 돌아서더니, 보이드 전투용 기관총을 들었다.

하지만 아르레는 이미 주문 영창을 마쳤다.

“졸음의 정(精)이여, 자장가를 불러라——〈슬리프〉.”

마력의 안개가 주위를 순식간에 뒤덮더니, 눈앞에 있는 경비병들이 차례차례 혼절했다.

“큭, 침입자다! 지원을——.”

〈수면〉에 저항한 경비병이 지원 요청을 하려 했다.

하지만 아르레의 검이 더 빨리 번뜩였다.

새하얀 칼날이 반짝이더니, 말을 이으려던 경비병들을 차례차례 베어 넘겼다.

물론, 검의 옆면으로 때려서 기절만 시켰을 뿐이다.

〈디 아크 세븐스〉에는 날을 무디게 하는 마술이 걸려 있다.

아르레가 혼자서 다 쓰러뜨리면, 괜한 피가 흐르지는 않을 것이다.

(——그래도, 용사가 할 일이 아니긴 해.)

다소의 죄책감과 자기혐오를 느끼며, 마음속으로 그렇게 중얼거렸다.

고향인 숲의 장로수, 무엇보다 육영웅의 〈검성〉으로 불린 스승을 볼 면목이 없다.

“놀랐어. 진짜로 혼자서 다 해치웠구나——.”

등 뒤에 내려선 레나가 휘파람을 불었다.

"마왕 폐하의 측근께 인정받았다고 여겨도 될까?"

"그건 아직이야."

다크엘프 소녀가 고개를 젓자, 아르레는 가볍게 어깨를 으쓱했다.

"경비병 중에 〈성검〉을 쓰는 자는 없는 것 같네."

"보이드 전투의 엘리트가 창고지기 같은 걸 할 리가 없잖아."

아르레는 특수금속으로 감싸인 대형 창고의 격벽 앞에 섰다.

"이젠 내가 할 일이야. 지금 격벽의 잠금장치를 풀겠어."

레나가 앞으로 나서더니, 해킹용 전자 단말을 꺼내 들었다.

"필요없어."

"뭐?"

아르레가 검을 한번 휘둘렀다.

그러자 특수금속으로 된 문이 두 동강 나면서 떨어져 나갔다.

"아니!"

레나 일행도 이 광경을 보더니 아연실색했다.

"말도 안 돼! 보이드의 공격도 견뎌내는 군용 특수 미스릴 강철 문이란 말이야!"

"이 검으로는 오리하르콘도 자를 수 있어. 가자."

아르레는 퉁명한 어조로 그렇게 말하더니, 창고 안으로 발을 들였다.

어둠 속에, 대량의 화물용 컨테이너가 쌓여 있었다.

안은 어두컴컴했지만, 수인족은 야간투시 능력이 있으니 운반 작업에는 별문제 없을 것이다.

"어느 게 무기 컨테이너지? 전부 가져갈 수도 없잖아."

"몰라. 일단 일일이 열어보자."

레나가 그렇게 말하자, 아르레는 어처구니없다는 듯이 어깨를 으쓱했다.

"우랴아아아아아아아앗!"

완력이 뛰어난 곰 수인족이 손톱을 휘둘러서 컨테이너의 옆면을 찢었다.

"헤헷. 자, 안에는 어떤 보물이——."

곰 수인족은 혀로 입술을 핥으면서 컨테이너의 벽을 벌렸다.

"어, 어이, 이게…… 뭐야?"

"벨토마, 왜 그래?"

레나는 의아해하면서 다가갔지만…….

"윽, 멈춰!"

불길한 예감을 느낀 아르레가 어깨를 붙잡고 잡아당겼다.

바로 그때였다.

콰직, 하고 과일이 으깨지는 듯한 소리가 들렸다.

"윽?!"

곰 수인족 청년의 목 윗부분이 사라졌다.

그 사지가 축 늘어졌다.

그대로 덩치 큰 사내의 육체가 허공으로 들려졌다.

"벨토마……!"

키, 키기이이이이이이잇……!

컨테이너 벽이 안에서부터 천천히 찢기는 소리가 울렸다.

균열에서 모습을 보인 그것은, 인간 형태인 것처럼 보였다.

손발이 극단적으로 긴, 칠흑색 그림자.

(저, 저게, 뭐야……?)

아르레의 지식에 따르면, 저것은 기사의 갑옷, 전신 갑옷처럼 보였다.

투구 안에서 붉은 눈이 빛났고, 갑옷의 연결부에서는 검은 독기 같은 것이 뿜어져 나왔다.

"극지방 전용의 〈보이드〉 전투용 프로텍트 수트?"

"누님, 저게 여기로 운반된 무기야?"

레나, 그리고 수인족 남자들은 전투태세를 취했다.

"안에, 누가 있는 거야?"

"그딴 건 상관없다고! 벨토마의 원수를 해치워버리겠어!"

"샤즈, 멈춰!"

혈기 왕성한 사자 수인족 사내가 손톱을 휘두르며 덤볐다.

부, 아아아아아아아아아아아앗――!

갑옷이 내부에서부터 터져나갔다.

그 순간. 무시무시한 독기가 주위에 흩뿌려졌다.

어둠 속에서 나타난, 그 모습을 보자――.

"아, 니……?!"

"어, 어이…… 설마……!"

수인들은 동요한 목소리를 냈다.

갑옷 안에서 모습을 드러낸 것은――.

――괴물이었다.

비정상적으로 부풀어 오른 머리. 무수하게 자라난 날카로운 이빨.

독기를 두른 그 몸이 천천히 일으섰다.

"보이드."

아르레는 숨을 삼켰다.

〈보이드〉—— 1000년 후 세계에 갑자기 나타난, 인류의—— 아니, 세계의 적.

〈마왕군〉이 이끄는 마물이나 마족과도 다른, 구세계에는 존재하지 않았던 미지의 존재.

"어, 어이, 어떻게 된 거야! 〈보이드〉를 여기로 옮긴 거야?!"

"무슨, 말도 안 되는——."

수인들은 혼란에 빠진 것 같았다.

"젠장, 꺼져!"

호랑이 수인족 청년이 기관총을 난사했다.

하지만 보이드의 장갑 같은 외피에 튕겨 나가고 말았다.

"틀렸어! 안 통해!"

"보이드한테는 평범한 무기는 안 통해!"

보이드가 팔을 휘둘렀다.

그 공격에, 거구의 호랑이 수인족이 두 동강으로 찢겨 나갔다.

"큭!"

"위험해, 물러나!"

아르레는 성검 크로우작스를 양손으로 쥐며, 앞으로 나섰다.

이 괴물과는 폐도에서 이미 싸워 봤다.

개체에 따라 능력이 다르지만, 가장 소형인 개체조차도 인류는 물론이고 수인마저도 이길 수 있는 상대가 아니었다.

보이드가 포효를 지르며, 다시 팔을 치켜들었다.

"흉포한 바람이여——!"

마풍(魔風)의 가호를 두른 아르레가 파고들었다.

서걱—— 검이 번뜩이더니, 보이드의 팔이 잘려 나갔다.

허무의 독기가 피처럼 뿜어지더니, 주위에 어둠이 뿌려졌다.

"아르레!"

"여기는 나한테 맡겨. 너는 동료들을 데리고 빨리 대피해."

아르레는 보이드와 격돌하며, 레나를 향해 외쳤다.

"다크우드의 다크 엘프는, 동료를 버리지 않아!"

"미안하지만, 짐만 돼. 너희를 지키면서 싸우는 건 무리야."

아르레는 딱 잘라 그렇게 말하더니…….

"그 대신, 여기서 살아서 나간다면 마왕의 측근이 될 수 있도록 말 좀 잘해줘."

"큭, 알았어. 무리하진 마."

레나는 입술을 깨물며 고개를 끄덕이더니…….

"후퇴하자. 아르레에게 뒤를 맡기겠어!"

"으, 응……!"

레나는 수하인 수인들을 이끌면서 창고 밖으로 탈출했다.

(하아. 나는 정말 착해빠졌다니깐.)

엘프 용사는 덤벼드는 〈보이드〉를 베며 탄식을 토했다.

저들은 〈마왕〉의 부하다. 솔직히 말해, 도와줄 의리는 없다.

하지만――.

(뭐, 빚을 지긴 했잖아.)

특히 레나. 저 다크 엘프 소녀에게 신세를 진 것은 명백한 사실이다.

레나가 없었다면, 지금쯤 아르레는 길바닥을 굴러다니는 시체가 되었을지도 모른다.

1000년 전에는 불구대천의 원수였던 다크 엘프에게 신세를 진 것은, 기이한 인연이라고 해도 과언이 아니지만――.

참마검(斬魔劍) 크로우작스를 한 손에 쥔 아르레는 당당히 외쳤다.

"덤벼. 〈검성〉으로부터 계승한 용사의 검술을 똑똑히 보여주겠어!"

고함을 지르며 눈앞의 〈보이드〉를 두 동강 낸, 바로 그때였다.

아르레의 긴 귀가 날카로운 고주파 같은 소리를 포착했다.

――워 크라이.

그것은 〈하이브〉에 있는 동류를 연쇄적으로 부화시키는, 〈보이드〉의 특수한 행동이다.

〈성검학원〉의 학생이라면 초등생이라도 아는 상식이지만, 이 시대에서 깨어난 지 얼마 안 된 아르레는 알 리가 없었다.

"뭐, 뭐야?!"

――그리고 다음 순간…….

쿠웅, 쿠웅, 쿠웅, 쿠우우웅!!

컨테이너가 동시에 터지더니, 다수의 〈보이드〉가 모습을 드러냈다.

"마, 말도 안 돼——!"

불길한 예감을 느낀 아르레는 등 뒤를 돌아보았다.

입구 근처에 쌓여 있던 컨테이너에서도, 새로운 괴물이 기어 나오고 있었다.

(큭, 숫자가 너무 많아?!)

무수한 붉은 눈이, 어둠 속에서 빛나고 있었다.

봐아아아아아아아아아아아아아아아아아아아앗!

그런 괴물들이, 일제히 덤벼들었다.

"큭, 이게——."

아르레는 참마검을 휘둘러서, 그중 한 마리의 목을 베었다.

하지만 허무의 괴물은 움츠러들지 않고 차례차례 몰려들었다.

"큭, 이런, 데서——!"

바로 그 찰나, 어둠 속에서 뇌광이 번뜩였다.

(어?)

소리도 없이——.

〈보이드〉의 목이, 차례차례 허공에서 춤췄다.

청백색의 번개가 지면을 달리자, 옅은 오존 냄새가 대기 중에 감돌았다.

이어서 조그마한 그림자가 지면에 착지했다.

아름다운 흰색 옷. 눈이 번쩍 뜨일 만큼, 푸른 머리카락.

뇌광을 두른 칼을 손에 쥔, 몸집이 작은 소녀였다.

◆

"뭐야? 〈보이드〉의 기척이 느껴져서 온 건데……."

그 소녀는 의아하다는 듯이 미간을 모았다.

(아, 저 애는……!)

아르레는 눈을 가볍게 치켜떴다.

아는 얼굴이다.

두 달 전에 만난 적이 있다.

〈폐도〉에서 일시적으로 협력했던, 〈성검학원〉 학생이다.

그녀와는 검을 겨루기도 했기에, 인상에 깊이 남아 있었다.

성은 모르지만── 이름은…….

(사쿠야, 였을 거야…….)

──그 소녀도 아르레가 기억난 것 같았다.

"너는── 〈폐도〉에서 만났던 엘프 맞지? 이런 데서 뭐 해?"

"으, 으음, 그게……."

테러리스트와 함께 무기를 탈취하러 왔다고는 말 못 한 아르레는 우물쭈물한 후…….

"우, 우선 이 괴물을 해치워야 해!"

주위를 둘러싼 〈보이드〉 쪽으로 관심을 돌렸다.

"그건, 그래."

사쿠야는 어깨를 으쓱하더니, 칼을 쥔 채 아르레의 옆에 섰다.

"인간형 〈보이드〉는 지능이 뛰어나니까, 방심하지 마."

"알았어."

딱 한 번 검을 겨뤘을 뿐이지만, 실력은 상당했다.

둘이 힘을 합친다면, 이 위기를 극복할 수 있을지도 모른다.

아르레와 사쿠야는 호흡을 맞추며, 동시에 몸을 날렸다.

"하아아아앗!"

"가자, 〈라이키리마루〉!"

사쿠야가 지면을 박찬 순간, 뇌광이 뿜어졌다.

단숨에 가속하고, 〈보이드〉의 포위망 속으로 뛰어들었다.

그 모습을 곁눈질로 본 아르레는 경악했다.

——눈으로 쫓을 수 없다. 지그재그로 움직이는 섬광만이, 어둠 속에서 반짝일 뿐이었다.

(이, 이게, 진짜 실력이야?!)

검이 뇌광을 두르는 건, 어디까지나 부차적인 능력이다.

이 가속이야말로, 저 〈성검〉이 지닌 진정한 능력일까.

아르레가 보는 앞에서, 인간형 〈보이드〉가 기나긴 팔을 휘둘렀다.

"바람이여, 내 뜻에 따라 힘을 해방하라. 〈풍열격(風烈擊)(윈데 롯소)〉!"

바람의 칼날이 휘몰아쳤다. 제2계위의 정령 마술이 〈보이드〉의 팔을 잘랐다.

"하아아아앗!"

아르레는 참마검에 마력을 불어넣어서 휘둘렀다.

〈크로우작스〉는 〈루미너스 파워즈〉가 창조한, 〈마왕〉을 죽이기 위한 전용 무기다.

〈마왕〉 이외의 존재 상대로는 예리함에 있어서 평범한 검과 별반 다르지 않다.

그렇기에, 아르레 자신의 마력을 담을 필요가 있다.

단말마 같은 〈보이드〉의 포효가, 창고 거리에 울려 퍼졌다.

"이대로 돌파하자. 나를 따라와——."

아르레가 사쿠야를 향해 고함을 질렀다.

"그래. 너는 도망쳐. 나는 이 자리에서—— 보이드를 섬멸하겠어."

"윽?! 무, 무슨 소리를 하는 거야? 이 숫자를 상대로——."

"나는 〈오란〉의 검사야. 〈보이드〉 앞에서 도망칠 수는 없어."

"뭐어?!"

사쿠야의 온몸에서 예리한 살기가 넘실거리듯 뿜어져 나왔다.

살기 어린 모습으로, 인간형 〈보이드〉를 벤다.

"너 혼자 남겠다는 거야?!"

"너는 빨리 여기를 벗어나. 나는 〈보이드〉를 보면, 분별력이 살짝 떨어져."

뇌격을 두른 검광이 번뜩이자, 금속제 컨테이너 하나가 두 동강 났다.

하얀 옷을 흩날리며 춤추는 그 모습은, 그야말로 검귀였다.

(저, 저 애, 뭐야……. 광전사 같은 거야?!)

——바로 그때, 아르레의 귀가 반응했다.

사쿠야가 벤 컨테이너 안에서, 거대한 괴물이 기어 나왔다.

쿠우우우우우우우우우우우우웅!

거대한 창고의 천장이 부서졌다.

"윽?!"

그, 르ㅇㅇㅇㅇㅇㅇㅇㅇ…….

나타난 것은, 한층 더 거대한—— 거인형 〈보이드〉였다.

"저런 것까지……!"

사쿠야는 아르레를 돌아봤다.

"타입 오거야. 저게 시가지로 가면, 일이 커져."

"저걸 해치우게?"

"솔직히 말해, 혼자서는 버거울지도 몰라."

사쿠야는 〈라이키리마루〉를 고쳐 쥐며 자신만만한 미소를 지었다.

"학원의 〈보이드〉전 부대가 올 때까지, 시간을 벌겠어."

"어쩔 수 없네."

용사로서, 저런 괴물이 시가지에 가도록 내버려둘 수는 없다.

(뭐, 시간을 버는 것 정도라면 어찌어찌——.)

바로 그때였다——.

"내 앞마당에서 뭐 하는 것이냐—— 사라져라, 열등종."

쿠아아아아아아아아아아아아아아아아아아앙!!

활활 타오르는 불꽃의 비가, 거인형 〈보이드〉에게 쏟아졌다.

새빨간 불기둥이 피어오르더니, 주위의 〈보이드〉를 그대로 집어삼켰다.

"어?!", "윽?!"

아르레와 사쿠야는 눈앞에서 벌어진 광경을 보고 넋이 나갔다.

"대체, 뭐가……."

고개를 들었다. 그러자——.

칠흑색 외투를 걸친 마신이, 오만하게 지상을 내려다보고 있었다.

◆

밤의 어둠을 비추는, 새빨간 지옥불.

격렬한 사이렌 소리가, 군항에 울려퍼졌다.

제 르 즈 고 그

제5계위 마술——〈업염람옥파(業炎嵐獄波)〉.

대형 트롤조차 뼈마저 남기지 않고 불태우는, 화염 속성 광범위 섬멸 마술이다.

(왜, 〈보이드〉가 여기 있는 거지?)

〈마왕〉의 가면을 쓴 채, 레오니스는 갸웃거렸다.

셜리의 보고를 듣고 〈낭마중〉의 폭주를 저지하고자 현장에 도착해 보니, 어찌 된 건지 허무의 괴물들이 우글거리고 있었다.

——일단 눈에 거슬려서 섬멸하긴 했는데…….

(게다가, 저 두 사람은…….)

폐허가 된 그 장소에는 레오니스의 눈에 익은 이가 있었다.

한 명은 아르레 키르레시오. 엘프 종족의 용사다.

그건 상관없다. 어쩌다 그렇게 된 건지는 모르겠지만, 그 용사가 〈낭마중〉에 들어갔다는 보고를 받았다. 아마 목적은 〈마왕〉의 암살일 것이다.

의외인 것은 다른 한 명이다.

(어째서, 사쿠야가 여기 있는 거지?)

사쿠야는 〈성검〉을 손에 쥔 채, 허공에 떠 있는 레오니스를 노려보고 있었다.

레오니스가 가면을 쓴 채 속으로 당황하고 있을 때――.

"너는, 누구냐."

사쿠야는 조용히―― 그러면서도 공기를 떨리게 하는 듯한 살기가 어린 목소리로, 그렇게 말했다.

그 눈은 평소와 다르게 냉철하기 그지없었다.

(읏. 어, 어떻게 하지?)

레오니스는 마음속으로 허둥대며, 어떻게 대응할지 필사적으로 생각했다.

(읏, 진정하자. 아직 내 정체는 들통나지 않았어.)

지금의 레오니스는 열 살 소년의 모습이 아니다.

이 도시의 어둠의 지배자, 〈마왕〉―― 졸 바디스인 것이다.

태고의 마신에게서 빼앗은 〈환마의 외투〉는 겉모습을 바꿔줄 뿐만 아니라, 인식 저해 마술도 부여되어 있다. 그렇게 간단히 정체를 간파당하지는 않을 것이다.

(그렇다면…….)

레오니스는 외투를 펄럭이며 지상에 있는 두 사람에게 선언했다.

"나는 〈마왕〉―― 졸 바디스. 이 도시의 어둠의 지배자다."

"뭐, 어?!"

아르레의 긴 귀가 쫑긋하며 반응했다.

"윽, 〈마왕〉…… 네가——?"

"이 도시의, 어둠의 지배자라고?!"

사쿠야는 낭랑한 목소리로 외쳤다.

"그렇다. 이 〈세븐스 어설트 가든〉은, 이미 내 것이다."

레오니스는 양손을 과장되게 펼치며, 큰소리를 쳤다.

이참에 〈마왕〉의 이름을 널리 알리는 것도 나쁘지 않으리라.

"그, 그럼 네가 저 〈보이드〉를 여기로 옮긴 거야?"

"뭐라고?"

레오니스는 그 말을 듣고 눈썹을 찌푸렸다.

옮기다. 이상한 표현이다.

〈보이드〉는, 허공의 균열에서 나타나는 게 아니라는 건가?

"내가 가져온 〈보이드〉를, 내가 직접 해치웠다는 것이냐?"

"그건……."

"저 더러운 존재는, 내 적이다. 이 〈세븐스 어설트 가든〉은, 나와 〈마왕군〉의 것이지. 허무의 괴물이 멋대로 하게 둘 순 없다."

레오니스는 지상에 있는 두 사람을 노려봤다.

아르레는 참마검을 고쳐 쥐면서도, 살의를 필사적으로 억누르고 있는 것 같았다.

이 자리에서 〈마왕〉에게 덤벼도, 역으로 당하고 말리라는 사실을 아는 것이다.

사쿠야는 〈라이키리마루〉을 손에 쥔 채, 레오니스를 지그시 노려보고 있었다.

——바로 그때, 다수의 발소리가 점점 가까워지기 시작했다.

"〈성검학원〉의 부대인가——."

사쿠야는 퍼뜩 놀랐다.

"오늘은 이만 실례하지. 나도, 할 일이 있어서 말이지."

레오니스는 외투를 펄럭이며 돌아섰다. 오늘 강의의 리포트 숙제를 해야 하기 때문이다.

"거, 거기 서——!"

사쿠야의 목소리가, 밤의 어둠 속에서 울려 퍼졌지만——.

〈마왕〉—— 졸 바디스의 모습은, 이미 그 자리에 없었다.

제2장 검귀중(劍鬼衆)

Demon's Sword Master of Excalibur School

〈성검학원〉——실내 훈련장.

"뇌광이여, 꿰뚫어라——〈마뇌창(魔雷槍)〉(빌발트)!"

붉게 빛나는 칼날의 끝에, 마력의 뇌격이 깃들었다.

트레이닝웨어 차림의 리세리아가 〈서약의 마혈검〉(블러디 소드)을 휘두르자, 번개가 공기를 가르며 뿜어져 나갔다.

"흠, 〈성검〉—— 이능의 힘에 마술을 부여. 그런 것도 가능합니까."

스켈레톤 마도사는 감탄한 듯이 중얼거리더니, 지팡이를 쥔 뼈로 된 손을 내밀었다.

지팡이의 끝에 마력의 빛이 생겨나더니, 뇌광이 사라졌다.

법술사 네피스갈. 레오니스의 휘하의 〈로그너스 삼용사〉 중 하나다.

"뭐, 눈속임 정도로는 쓸 수 있을지도 모르겠군요."

"아, 아직 멀었어!"

리세리아는 그렇게 외치더니, 훈련장의 바닥을 박차면서 단숨에 거리를 좁혔다.

그대로 해골 마도사에게 육박하면서, 주문을 영창했다.

쥬 라 키 레 스
"휘몰아쳐라, 매서운 바람의 칼날—— 〈마풍열인(魔風烈刃)〉!"

〈성검〉의 칼날을 수평으로 휘두르자, 눈에 보이지 않는 바람의 칼날이 날아갔다.

"역시 〈뱀파이어 퀸〉. 이미 막대한 마력을 지닌 겁니까."

그 바람의 칼날을 간단히 없앤 해골 마도사는 찬사를 입에 담았다.

네피스갈의 말은 주군의 권속에게 아첨하는 것이 아니다.

최상급 언데드인 리세리아의 잠재적 마력은, 엘더 리치인 네피스갈을 가볍게 상회할 것이다.

"하오나——."

네피스갈은 뼈로 된 손가락을 좌우로 흔들었다.

"마술 구성이 아직 어설픕니다. 그 방대한 마력도 돼지 목에 걸린 진주지요. 하지만 겨우 며칠 동안의 훈련으로 제1계위 마술을 익힌 것은 대단하군요."

네피스갈이 지팡이를 내밀자, 리세리아의 주위 공간이 일그러졌다.

디 반 조
중력 계통, 제2계위 마술—— 〈왜중결계(歪重結界)〉.

"읏, 꺄앗!"

자세가 흐트러진 리세리아는 훈련장 바닥에 격렬하게 내동댕이쳐졌다.

"읏, 아…… 큭……!"

"네, 네피스갈, 너무 힘한 것 같다만——."

벽 쪽에서 훈련을 지켜보고 있던 레오니스가 스켈레톤 마도사에게 주의를 줬다.

"괘, 괜찮아…… 레오……."

하지만 리세리아는 몸을 일으키더니, 〈블러디 소드〉를 다시 잡았다.

"더 부탁드려요!"

"저렇게 말하는데, 어떻게 하면 좋겠습니까?"

네피스갈이 돌아보면서 묻자, 레오니스는 쓴웃음을 머금으며 어깨를 으쓱했다.

(과보호, 하는 건가.)

마술을 배우고 싶다고 말한 사람은 바로 리세리아다.

〈흡혈귀〉의 진면목은, 막대한 마력을 구사한 마술 전투다.

레오니스와 네피스갈, 최고위 마도사 두 사람에게 가르침을 받은 리세리아는 엄청난 속도로 성장하고 있다.

(우수한 권속이야. 언젠가 내 오른팔로서, 부하를 부리게 되겠지.)

레오니스는 훈련을 이어가라는 의미로 손을 흔들어 보인 후, 벽에 등을 맡겼다.

부하라고 하니—— 레오니스는 문득 어젯밤 일을 떠올렸다.

오늘 아침에 셜리가 정리해서 올린 보고에 따르면, 〈낭마중〉의 계획은 역시 군항으로 반입한 무기를 탈취하려는 거였다고 한다. 하지만 창고의 컨테이너에 실린 것은 무기가 아니라 〈보이드〉였다.

(어떻게 된 거지? 인류의 적인 〈보이드〉가, 왜 군항에 반입된

걸까?)

레오니스는 마음속으로 고개를 갸웃거렸다.

애초에 〈보이드〉를 포획하는 것이 가능할까.

〈네크로조아〉의 〈하이브〉로 갈 때, 레오니스는 〈보이드〉 몇 마리를 〈그림자 왕국〉에 잡아뒀지만, 시간이 흐르자 모든 개체가 안개처럼 소멸하고 말았다.

(그리고, 사쿠야.)

어째서, 그런 장소에 있었던 것일까——?

(하아, 모르는 게 너무 많군.)

이 시대는 힘이 전부였던 1000년 전처럼 단순한 세계가 아닌 것 같았다.

◆

——한 시간 뒤. 훈련은 리세리아가 바닥에 쓰러질 때까지 이어졌다.

"역시 폐하의 권속. 탁월한 소질을 지녔군요."

"흠. 그렇지? 그렇지?"

스켈레톤 대마도사가 그렇게 말하자, 레오니스는 만족스럽다는 듯이 고개를 끄덕였다.

"하지만 마력 제어 면에서 아직 난점이 있습니다."

"그건 어쩔 수 없을 거다. 나도 〈언데드〉가 된 직후에는 고생했거든."

성검의 용사 레오니스는 원래 마술을 능숙하게 구사하지 못했다.

로제리아의 힘으로 〈언데드 킹〉이 되어 되살아났을 때는, 그 막대한 마력을 주체 못 한 나머지 무의미한 파괴를 자행했다.

"리세리아 님은 저와 마술의 특기 분야가 다르기에, 어느 수준까지 익힌 후에는 마왕 폐하께서 직접 지도하시는 편이 좋을 듯합니다."

"응, 그래."

하지만 레오니스가 습득한 마술은 〈죽음의 영역〉에 편중되어 있다.

흉흉한 주문도 많기에, 리세리아는 그다지 좋아하지 않을 것 같았다.

"저는 이만――."

"음, 수고했다."

자기 소임을 마친 네피스갈이 〈그림자 왕국〉으로 돌아가려 했다.

그러자 훈련장 한가운데에 뻗어 있던 리세리아가 퍼뜩 놀라며 몸을 일으키더니…….

"지, 지도해 주셔서, 감사합니다!"

예의 바르게 고개를 숙였다.

리세리아는 운동부 스타일의 상류층 아가씨였다.

"수고했어요, 세리아 씨."

레오니스는 가까이 다가가, 스포츠 음료 병을 건넸다.

"고마워, 레오."

리세리아는 훈련장 바닥에 앉아 음료로 목을 축였다.

스포츠웨어에 감싸인, 건강미 넘치는 다리가 눈부셨다.

(언데드가 건강미 넘친다는 것도 이상한 이야기지만…….)

레오니스도 그녀의 옆에 앉았다.

"마술 습득은 순조로운 것 같네요."

"그, 그래?"

"보통은 마력 취급에 3년, 마술 습득에는 4년 걸려요. 그것도 꽤 빠른 편이고요."

리세리아는 자신의 양손을 내려다보더니…….

"신기한 느낌이 들어. 마력을 이런 식으로 쓰다니……."

"지금 쓸 수 있는 건 아직 초보적인 마술이에요. 세리아 씨는 최상위 언데드인 〈뱀파이어 퀸〉이니까, 최종적으로는 제7계위 마술까지 습득할 수 있죠."

"계위?"

"주문의 레벨을 대략적으로 분류한 거예요. 계위가 높을수록 고도의 주문이며, 차원이 다른 힘을 행사할 수 있죠."

"그럼 레오는 몇 계위의 마술까지 쓸 수 있어?"

"저요? 저는…… 뭐, 비밀이에요."

레오니스가 고개를 젓자——.

"흐음~……."

리세리아는 심술궂은 눈길로 쳐다보면서, 레오니스를 향해 손을 내밀었다.

“세, 세리아 씨? 어어…… 헉…… 저기요……!”

리세리아는 차가운 손가락 끝으로, 레오니스의 옆구리를 간지럽혔다.

“으~ 잠깐…… 하, 하지 마세요, 세리아 씨! 아, 알았어요! 제9계위, 저는 제9계위의 마술까지 쓸 수 있어요!”

레오니스가 참다못해 실토하자, 리세리아는 간지럽히는 것을 멈췄다.

“제9계위?”

“네. 제9계위는 마술의 최고위예요. 그 이상은 마술의 영역을 넘어서는, 파멸의 현현이나 천재지변 혹은 기적 같은 이름으로 불리죠. 참고로 네피스갈은 제7계위의 마술까지 쓸 수 있어요.”

레오니스는 흐트러진 교복 옷깃을 정돈하며 대답했다.

“레오는 엄청난 대마술사구나.”

리세리아는 눈을 치켜떴다.

(대마술사가 아니라, 대마왕이지만 말이에요.)

물론 레오니스는 제9계위가 아니라 제13계위까지의 초역 마술을 쓸 수 있다.

전생(轉生)의 마술도, 제12계위에 위치하는 대마술이다.

하지만 제10계위 이상의 마술은 〈육영웅〉이나 〈루미너스 파워즈〉와 싸우기 위한 비장의 수이기에, 아무리 〈언데드 킹〉일지라도 함부로 쓸 수 없다.

게다가 지금의 어려진 육체로는 제11계위 이상의 마술을 행사

할 때의 대가를 버텨낼 수 없을 것이다.

"마술은 하루아침에 익힐 수 있는 게 아니에요. 훈련을 꾸준히 이어가세요."

"응, 알았어."

스포츠 음료를 다 마신 리세리아는 기지개를 켰다.

"그런데, 세리아 씨."

"왜?"

"간지럼의 답례를 해도 될까요?"

리세리아는 잠시 고민하듯 입술에 손가락을 대더니…….

"좋아, 레오. 나를 간지럽혀 볼래?"

"으~. 농담……이에요."

얼굴이 벌게진 레오니스를 본 리세리아는 심술궂은 미소를 지었다.

왠지 레오니스는 이 권속 소녀를 감당하지 못할 듯한 느낌이 들었다.

"아——."

양손을 펼치고 있던 리세리아의 표정이——.

문득 뭔가가 생각난 것처럼, 굳어졌다.

"왜 그러세요?"

"으, 응……. 그게……."

레오니스가 고개를 갸웃거리며 묻자, 리세리아는 벌리고 있던 손을 자신의 가슴 언저리에 댔다.

"레오, 저기……〈성등제〉 때의 일인데——."

그 진지한 태도를 보고 뭔가를 느낀 레오니스는 자세를 바르게 고쳤다.

——〈성등제〉 날. 허무연구소의 지하에서 〈용왕〉 베이라 드래곤 로드가 눈을 뜨며 폭주했다.

레오니스는 베이라를 쫓았고, 연구소에 남았던 리세리아는 그곳에서 만난 아르레, 급히 달려온 사쿠야와 함께 허무의 사제를 자칭하는 네파케스란 남자와 싸웠다.

네파케스는 오른팔을 잃고 후퇴했지만——.

"무슨 일, 있었나요?"

"으, 응."

리세리아는 고개를 끄덕이더니, 결심한 것처럼 입을 열었다.

◆

"왜, 그렇게 중요한 일을 말하지 않은 거예요!"

레오니스는 이야기를 듣자마자, 무심코 언성을 높였다.

"미, 미안해. 중요한 임무 직전에, 레오에게 괜한 걱정을 끼치고 싶지 않았어."

리세리아는 무릎을 꿇고 앉아서 반성했다.

〈젝스 어설트 가든〉에서 베이라가 폭주했을 때, 리세리아는 네파케스와 싸웠다.

그리고 교전 중, 검은 결정 같은 물체가 가슴에 박혔다고 한다.

"그런 건 정말 위험해요. 숙련된 마술사는 저주가 걸린 물체를 상대의 몸에 넣어서 꼭두각시 인형으로 조종하는 것도 가능하단 말이에요."

레오니스는 허리를 짚으며 한숨을 내쉬었다.

"앞으로는 꼭 조심하세요. 그런데, 무슨 변화는 있었나요?"

"마력이 불안정해지거나 하진 않았어. 〈성검〉도 아무렇지 않게 기동할 수 있었고."

(흠, 마력을 빼앗는 주구(呪具)는 아닌 것 같군.)

레오니스는 리세리아를 향해 몸을 숙였다.

"세리아 씨, 바닥에 누워 주세요."

"뭐?"

"어서요——."

"으, 응……."

당황한 기색을 보이면서도, 리세리아는 훈련장 바닥에 누웠다.

"조금 아플지도 몰라요. 그래도 참아주세요."

"으, 응?"

아름답고 탄탄한 육체를 감싼, 배가 드러나는 트레이닝웨어.

레오니스는 진지한 표정으로, 가슴 언저리에 손바닥을 댔다.

"레오?! 으, 응…… 꺄, 아……♪"

리세리아는 간지러운지 몸을 비틀었다.

"가만히 계세요. 그리고, 이상한 소리도 내지 말아요——."

"으…… 응……."

리세리아는 입술을 깨물더니, 한숨을 참았다.

스포츠웨어에 감싸인 가슴 언덕이, 갑갑한 듯이 위아래로 흔들렸다.

레오니스는 손가락 끝으로 마력을 내보내며, 눈을 감았다.

심장 근처에 직접 손을 댐으로써, 그녀의 체내에 있는 마력을 볼 수 있다.

인간의 육체는 몸 일부분에 마력이 모이는 경락이 있지만, 〈뱀파이어 퀸〉인 리세리아의 몸은 마력이 온몸을 순환한다.

(심장 근처에, 뭔가 있어.)

눈을 감은 채 〈눈〉에 의식을 집중하자――.

쐐기처럼 박혀 있는, 삼각뿔 모양의 결정체가 감지됐다.

(윽, 이건……?!)

그 결정체와 흡사한 것을, 레오니스는 최근에 본 적이 있다.

(제마인이 들고 있던, 검은 결정…….)

그 결정은 회수했지만, 특별한 마력을 지닌 것 같지는 않았다.

(어떻게 된 거지? 네파케스는 왜, 리세리아에게 이런 걸――.)

"흑, 아…… 레, 오, 하응……."

리세리아가 고통스러운 표정을 지으며 몸을 비틀었다.

"죄송해요. 많이 아픈가요?"

"응, 약간…… 그래도, 괜찮, 아."

레오니스의 마력이, 심장에 박힌 결정을 자극한 것 같았다.

(꺼내는 건 위험하겠지.)

그 결정은 절반가량 리세리아의 육체와 융합해 있었다.

억지로 꺼내려 했다간, 심한 고통을 줄지도 모른다.

"조금만, 참으세요. 금방 끝나요."

"응."

레오니스는 왼손으로 리세리아의 손을 꼭 움켜쥐었다.

심장의 한 곳에, 파괴의 마력을 집중적으로 쏘았다.

"윽?!"

리세리아는 튕기듯이 온몸을 격렬하게 떨었다.

그와 동시에, 심장에 박힌 결정이 산산이 부서졌다.

레오니스는 손을 치운 후, 이마에 맺힌 땀을 닦았다.

간단해 보이지만, 육체에 전혀 상처를 내지 않으면서 결정만 파괴하는 것은 웬만한 마도사에게 절대로 불가능한 기술이다. 결정을 심은 네파케스도, 그것을 제거할 자가 있으리라고는 생각도 못 했을 것이다.

"이제 괜찮아요. 결정을 파괴했어요."

"고, 고마워, 레오."

긴장이 풀린 건지, 리세리아의 온몸 근육이 이완됐다.

혹시나 싶어 다시 마력으로 살펴봤지만, 흔적조차 남지 않게 완전히 사라진 것 같았다.

(그건 그렇고――.)

레오니스는 속으로 이를 갈았다.

네파케스 레이저드. 그 사제는, 무엇을 위해 리세리아의 몸에 결정을 심은 것일까.

〈서드 어설트 가든〉에서 마주친 후, 리세리아를 노리는 낌새가 있기는 했는데――.

(뭐, 어쨌든 간에…….)

레오니스는 냉혹한 웃음을 흘렸다.

그 꼬맹이는 가까운 시일 내에, 〈마왕〉의 무시무시함을 실컷 맛보게 될 것이다.

(나는 관대한 마왕이지만, 권속을 건드린 자를 용서할 만큼 관대하지는 않거든.)

띠리리리리링……하고, 휴식 시간 종료를 알리는 알람이 들려왔다.

"이제 그만 돌아가죠. 다음 시간에는 사쿠야 씨가 여기를 쓸 예정이니까요."

레오니스는 리세리아의 손을 잡아서 일으켜 세워줬다.

실내 훈련장은 예약제이며, 이 시간대는 제18소대가 사용하기로 되어 있다.

레기나와 엘피네는 〈성검〉의 특성상 이 훈련장을 이용하지 않기에 평소에는 리세리아와 레오니스, 그리고 사쿠야가 교대로 이용했다.

"사쿠야는 오늘 훈련장을 예약하지 않았어."

"그런가요?"

강의를 결석하는 한이 있더라도 개인 훈련을 거르지 않는 사쿠야답지 않다.

"응. 제례(祭禮) 준비를 해야 해서, 한동안은 기숙사로도 돌아오지 않을 거라던데——."

"제례?"

"그러고 보니 레오는 모르겠네. 〈올드 타운〉에 있는 〈오란〉의 자치령에서, 매년 〈봉신사(封神祀)〉라는 게 열려."

각 전술도시에는 〈보이드〉의 침공으로 멸망한 왕국 및 도시를 소규모로 옮긴 구역이 존재한다. 〈세븐스 어설트 가든〉의 제Ⅱ 지구에 있는 〈올드 타운〉도 그중 하나이며, 멸망한 〈오란〉의 도시가 재현되어 있다.

참고로 제Ⅵ에어리어의 〈비오톱〉에 수인족을 비롯한 아인족이 다수 주거하고 있는 것 또한 그런 정책의 일환이다.

"사쿠야는 무녀니까, 매년 〈오란〉의 수호신에게 연무(演武)를 봉납해."

"무녀?! 사쿠야 씨가, 말이에요?"

"응……. 실은 나도 〈오란〉의 전통에 대해서는 해박하진 않지만 말이야."

(너, 너무 의외야.)

아니, 그것보다도 레오니스에게는 더 궁금한 일이 있었다.

"수호신? 〈오란〉에는 신이── 있는 건가요?"

레오니스가 아는 신은 이 세상의 창조주라 자처하는 〈루미너스 파워즈〉, 그리고 그 신들에게 반기를 든 반역의 여신이다.

그리고 아신(亞神)으로 불리는 〈루미너스 파워즈〉의 종속신과 마신이 있다. 참고로 마신 중 하나는 지금도 레오니스의 〈그림자 왕국〉 안에 잠들어 있다.

절대로, 깨우고 싶지 않은 존재다.

〈오란〉의 수호신은, 레오니스가 아는 신과 같은 존재일까?

(마왕과 육영웅, 신들의 전승은 말소된 줄 알았는데…….)

하지만 그 흔적 같은 것은 아무래도 존재하는 것 같았다.

예를 들어 세계를 멸망시키는 〈마왕〉의 존재가 옛날이야기로 전해져 내려오는 것처럼 말이다.

(〈오란〉의 제례를 좀 조사해 볼까.)

셜리에게만 조사를 시켜서는 과자가 맛있는 가게에 관한 정보만 늘어날 뿐이다.

"으음, 레, 레오……."

바로 그때, 고개를 숙인 리세리아가 머뭇머뭇 입을 열었다.

"네?"

"사쿠야가 안 오니까, 시간이 아직 있어."

"으, 으음……."

"으~ 그러니까, 저기…… 말이야."

볼이 붉힌 그녀는 레오니스의 교복 자락을 꼭 움켜쥐었다.

"조금만, 이에요. 저도 오후 수업을 들어야 하니까요."

"으, 응. 조금이면 돼."

요즘 들어서는 그녀의 소소한 반응만 보고도 뭘 원하는지 알 수 있게 됐다.

아까 훈련에서, 마력을 한꺼번에 방출한 반동이 온 것이다.

레오니스가 손가락을 내밀자, 리세리아가 살며시 깨물었다.

손가락 끝에서 달콤한 찌릿함이 느껴졌다.

(하아. 나도 참 권속에게 무른걸.)

레오니스는 속으로 쓴웃음을 흘렸다.

◆

"공주님. 그 군선에 실려 있던 화물 말입니다만, 아직 출처를 알아내지 못했습니다."

"그래. 고마워, 에이카."

〈세븐스 어설트 가든〉 제Ⅱ구역——〈올드 타운〉.

시끌벅적한 상점이 줄지어 있는 〈풍령대로〉에서, 약간 떨어진 곳에 있는 저택의 안뜰에서——.

사쿠야는 검술을 수련하며, 등 뒤에서 무릎을 꿇고 있는 소녀에게 대답했다.

이곳은 사쿠야의 후견인이자 옛 왕가의 가신인 라이오의 저택이다.

나흘 후에 열리는 〈봉신사〉 준비를 위해, 사쿠야는 요즘 들어 〈오란〉을 자주 방문하고 있었다.

"공주님, 너무 무리하지는 마십시오."

"응, 알아."

사쿠야는 어깨를 으쓱하며 뒤를 돌아보았다.

등 뒤에 있는 소녀는 약간 못마땅한 기색으로 사쿠야를 올려다보고 있었다.

에이카는 옛 왕가를 모시는 암부 조직——〈무라쿠모〉의 밀정이다.

사쿠야는 에이카에게 부탁해서 어젯밤에 군항에 나타난 〈보이드〉 무리, 그리고 〈마왕〉을 자처하는 그 정체불명의 인물을 조사해달라고 했다.

"설마 〈보이드〉와 마주칠 줄은 생각도 못 했어."

어젯밤. 사쿠야는 요즘 들어 나타나기 시작한 〈마검〉 사용자를 찾기 위해, 〈세븐스 어설트 가든〉을 산책하고 있었다.

〈마검〉—— 별의 힘인 〈성검〉의 반전체.

일전의 〈하이브〉 섬멸 임무에서는 상급생인 라이엇을 비롯한 학생 세 명이 〈마검〉의 힘에 좀먹히며 폭주 사건을 일으켰다.

그것만이 아니다. 외부에는 공표되지 않았지만, 최근 몇 달 동안 다수의 〈성검〉 사용자가 〈마검〉의 힘에 먹혔다.

사쿠야는 그 〈마검〉의 힘을 모으고 있다. 자신의 〈마검〉——〈야미치도리(闇千鳥)〉에 다른 〈마검〉을 먹이고, 그 힘을 자신의 것으로 삼기 위해서다.

그 강화의 대가 혹은 부산물로써, 사쿠야는 〈보이드〉의 기운을 감지하는 능력에 눈떠가고 있었다.

마침 근처에서 〈보이드〉의 기운을 감지한 사쿠야는 서둘러 현장으로 향했고, 거기서 엘프 소녀가 〈보이드〉와 싸우고 있는 모습을 목격한 것이다.

(어젯밤에 싸운 그건, 〈보이드〉가 틀림없었어.)

하지만, 허공의 틈새에서 나타나는 일반적인 개체와 다르다.

그 괴물들은 화물 컨테이너 안에서 나왔다.

(제도의 군선이, 화물로 위장해서 〈보이드〉를 운반한 거야?)

어젯밤의 일은 기묘하기 그지없었다.

(군이 연구 목적으로 비밀리에 〈보이드〉를 노획한 걸까——.)

하지만 이제까지 〈보이드〉 노획에 성공했단 이야기는 들은 적이 없다. 비교적 약한 개체를 단시간 포획하는 데 성공하더라도, 금방 허공의 균열 너머로 사라지고 만다.

그리고 전투 도중에 나타난, 그 가면 쓴 인물——.

"〈마왕〉에 관한 정보는 없어?"

사쿠야는 〈무라쿠모〉 소속의 소녀에게 물었다.

"죄송합니다. 쿠로유키와 레이게츠에게도 조사를 명했어요."

"아니야, 괜찮아. 금방 꼬리가 잡힐 상대는 아닌 것 같았어."

"하오나——."

에이카는 고개를 들면서 말을 이었다.

"직접적인 관련성이 있는지는 알 수 없습니다만, 최근 몇 달 동안 아인으로 구성된 반 제국조직의 활동이 변화하고 있는 게 확인됐습니다."

"제도에서 분리됐다던 과격파 테러리스트 말이구나."

예전에 자신들을 〈왕랑파〉라고 한 테러리스트가 왕족 전용함 〈히페리온〉을 노리는 사건이 벌어졌었다.

하지만 배에 있던 성검사(사쿠야도 있었다)의 활약으로, 계획은 실패로 돌아갔다. 지도자인 바스테아 콜로사프는 사망했고, 〈왕랑파〉는 해체됐다고 들었다.

그런 〈왕랑파〉에 최근 들어 새로운 지도자가 나타나며 부활한 것이다.

"그 지도자가 〈세븐스 어설트 가든〉의 어둠의 지배자, 〈마왕〉

을 자처하는 인물이란 거야?"

"네. 어디까지나 추측입니다만——."

"그렇구나."

연분홍색 입술에 손가락을 댄 사쿠야는 〈마왕〉의 모습을 떠올렸다.

섬멸에는 소대 규모의 전력이 필요한 지정 카테고리 A 이상의 강대한 〈보이드〉를, 일격에 해치워버린 그 압도적인 힘.

그 힘은 〈성검〉—— 혹은 〈마검〉으로만 발휘할 수 있을 것이다. 그런 강대한 힘을 지닌 자가, 테러리스트의 지도자 정도로 과연 만족할까……?

——바로 그때였다.

정원에서 지저귀던 새 소리가, 갑자기 멎었다.

"윽?!"

뒤를 돌아보았다. 나무숲 쪽에서 농밀한 기척이 나타났다.

"누구입니까!"

날카로운 목소리로 그렇게 외친 에이카는 소매에서 꺼낸 짧은 칼을 집어 던졌다.

그러자 숲 쪽에서 나뭇잎이 흩날렸지만, 그 자리에는 아무도 없었다.

"저택에 침입을 허용하다니, 〈무라쿠모〉도 갈 데까지 갔군."

그 목소리는 숲속에 있는 단풍나무 위에서 들려왔다.

그곳에는 시꺼먼 갑옷을 온몸에 걸친, 키 큰 인물이 서 있었다.

(〈보이드〉 전투용 장비인 프로텍트 수트?!)

사쿠야는 칼자루에 손을 얹은 채, 상대를 노려봤다.
“이놈――!”
“에이카, 멈춰.”
에이카가 품에서 암기를 꺼내서 던지려 하자, 사쿠야가 손을 들어서 말렸다.
“공주님……?”
“〈검귀중〉. 맞지?”
사쿠야가 낮은 목소리로 물었다.
“그렇사옵니다, 사쿠야 님――.”
헬멧의 눈 부분이 붉게 빛나더니, 기계 음성이 들려왔다.
“검귀중?! 너희가 어째서 여기에――.”
에이카는 경악에 찬 목소리로 그렇게 외쳤다.
――〈검귀중〉은 〈오란〉의 옛 왕가를 200년 넘게 모신 무투 집단이다.
첩보 임무를 주로 맡은 〈무라쿠모〉와 달리, 왕족 호위를 역임해 왔다.
9년 전에 〈오란〉이 멸망한 이후, 고국의 복수를 위해 유랑 용병단이 되어서 각지의 최전선에서 〈보이드〉와 싸우고 있다.
〈오란〉의 〈성검〉 사용자는 흔히 광전사로 불리지만, 그것은 죽음을 두려워하지 않으며 싸우는 〈검귀중〉의 모습에서 기인한 것이다.
“옛 왕가와 갈라선 너희가, 이제 와서 뭐 하러 온 거냐!”
에이카가 날카로운 목소리로 그렇게 외치자…….

"경고해 주려고 온 거다."

짤막한 대답이 들려왔다.

"허무가 온다. 이 〈세븐스 어설트 가든〉에 전장을 현현할 거다."

"뭐……?"

미심쩍은 듯이 그렇게 되물은 후——.

사쿠야는 퍼뜩 눈치챘다.

"설마, 너희가 〈보이드〉를 여기로 옮긴 거야?"

"……."

대답은 침묵이었다. 그 의미는 부정일까, 혹은 긍정일까——.

"대답해. 대답 여하에 따라선, 너를 이대로 돌려보낼 수 없어."

사쿠야가 손에 쥔 칼——〈라이키리마루〉에서 번갯불이 튀었다.

"옛 왕가의 후예로서, 사쿠야 님께서도 전장에 함께 서주셨으면 하옵니다."

"전장……? 자세히 말해——."

"이번에는 어디까지나 사쿠야 님에게 귀환 보고를 드리러 찾아왔을 뿐이옵니다. 시끄러운 날벌레들이 있는 데선, 계획을 말씀드릴 수 없지요."

프로텍트 수트를 걸친 남자는 귀에 거슬리는 목소리로 웃음을 흘리더니…….

"사쿠야 님께서 혼자 계실 때, 다시 찾아뵙겠사옵니다."

나무를 박찬 그는, 그대로 그림자처럼 사라졌다.

"크, 이 자식—— 거기 서!"

에이카는 뒤쫓으려 했지만, 이미 기척이 느껴지지 않았다.

상대는 〈검귀중〉이다. 당연히 퇴로를 준비해놓고 모습을 드러냈으리라.

"이 〈세븐스 어설트 가든〉에, 전장을 현현하겠다고?"

사쿠야는 그렇게 중얼거리더니, 입술을 꼭 깨물었다.

(허무가 온다——라고, 저 남자는 말했어.)

역시, 어젯밤에 군항에 나타난 〈보이드〉와 연관이 있는 걸까.

"막아야, 해——."

〈검귀중〉—— 〈보이드〉를 향한 복수심에 사로잡힌, 수라의 집단.

이 도시에서, 상상조차 할 수 없는 무시무시한 일이 벌어지려 하고 있다.

(하지만, 어떻게 해야——……!)

——바로 그때. 어째서인지 사쿠야의 뇌리에 그 사람이 떠올랐다.

◆

——〈세븐스 어설트 가든〉 미개발 지구.

제4산업 에어리어에 증설된 초대형 플로트다.

현재 〈세븐스 어설트 가든〉에는 100만 명 이상이 살지만, 최초기에 구상된 전술도시 계획에 따르면 아직 4분의 1 정도가 미개발 상태다.

완성되면 시가지가 될 예정인 이 장소에는 미완성 적층 구조물이 다수 존재한다.

그 빌딩 지하에, 40명 정도의 인간이 집결해 있었다.

기묘한 집단이다. 전원이 〈보이드〉 전투용 수트를 걸치고 있었다.

그중 한 명이 통신기 앞에서 누군가와 대화를 나누고 있었다.

"그래. 그대가 보낸 짐이 전부 사라졌다."

"계획 실행에는 지장이 없겠지?"

암호화된 음성이 들려왔다.

"그건 어디까지나 실험용이야. 너희가 계획의 핵심이지."

"그대한테는 감사한다. 하지만 그딴 건 우리에게 필요 없어."

그 남자——〈검귀중〉의 두목인 우잔은 불쾌한 투로 그렇게 말했다.

〈오란〉 최강이라 불리던 〈성검〉 사용자다.

(아니, 사용자였다——고 해야 할까.)

그는 헬멧을 쓴 채 자조하듯 입가를 일그러뜨렸다.

고국을 멸망시킨 〈보이드〉에게 복수하기 위해, 치열한 싸움에 투신했다.

그 모든 것은, 철천지 원수인 보이드 로드를 없애기 위해서다.

그 오랜 숙원이, 드디어 이뤄지려 하고 있었다.

"피렛 경, 이제부터는 우리 뜻대로 하겠어."

"물론, 상관없어. 이건 너희의 복수니까 말이야."

통신기를 통해, 웃음소리가 들려왔다.

이 자리에 모인 동지――〈검귀중〉 총 37명은, 이미 각오를 마쳤다.

자신의 목숨도, 이 〈세븐스 어설트 가든〉에 사는 시민의 목숨도, 제물로 바친다.

(숙원을 이룬 후―― 우리는 모두, 지옥에 떨어지겠지.)

98시간 후――〈스탬피드〉에 의한 멸망이, 이 도시를 덮친다.

그것은, 이미 결정된 미래다.

(부디 사쿠야 님도 우리와 함께해 주셨으면 하지만――.)

――바로 그때였다. 또각, 하고―― 폐허인 빌딩에, 구둣발 소리가 울려 퍼졌다.

"윽?!"

갑자기 기척이 느껴지자, 그 자리에 있던 〈검귀중〉 전원이 일제히 무릎을 꿇었다.

우잔 또한 예외는 아니었다.

압도적인 정적이 감도는 가운데, 구둣발 소리만이 공기를 뒤흔들었다.

순백의 오란 전통복 차림인 소녀의, 허리까지 기른 푸른 불꽃 같은 머리카락이 희미하게 흔들렸다.

"세츠라 님……."

"때가 됐어."

그 소녀는―― 맑은 방울 소리 같은 목소리로, 고했다.

"우리 〈검귀중〉의 원수, 샤다르크 보이드 로드를 치자."

소녀의 목소리에 답하듯, 총 서른일곱 명의 〈검귀중〉이 힘차게 함성을 질렀다.

제3장 티세라의 생일 파티

Demon's Sword Master of Excalibur School

"네. 여러분도 알다시피, 〈성검〉에는 다양한 타입이 있습니다만――."

교단에 선 교사의 강의를 한 귀로 흘려들으며…….

"하암."

레오니스는 작게 하품을 했다.

〈성검학원〉의 수업은 자유롭게 선택해서 짤 수 있다.

레오니스의 수업은 리세리아가 짜줬지만, 이 〈성검학〉이란 강의는 레오니스의 흥미를 그다지 끌지 못했다.

레오니스 본인은 〈성검〉을 쓸 수 없으니까.

(솔직히, 피로가 쌓였는걸.)

레오니스는 책상에 턱을 얹은 채, 졸린 듯이 눈을 비볐다.

어젯밤에는 뜻밖의 사고가 발생한 탓에, 한밤중에 외출해야 했다.

아침에는 리세리아의 특훈을 도왔고, 피까지 빨린 탓에 살짝 빈혈이 왔다.

〈언데드 킹〉이던 시절에는 잠을 잘 필요가 전혀 없었지만, 열 살 소년의 육체는 양질의 수면을 필요로 했다.

(정말, 한심하기 그지없군.)

하암, 하고 또 하품했을 때였다.

“레오, 괜찮아?”

옆에 앉은 리세리아가 걱정스러운 투로 물었다.

“소년, 졸려요? 제가 가슴베개 해줄까요?”

“아, 아뇨. 괜찮아요――.”

다음으로 레기나가 놀리자, 레오니스는 황급히 고개를 저었다.

두 사람은 같은 강의를 듣고 있었다.

“그런데, 가슴베개가 뭐예요? 보통 무릎베개잖아요.”

“아마 가슴베개가 더 좋을걸요?”

레기나는 어디까지 진심인 건지, 레오니스의 어깨에 자신의 가슴을 댔다.

“으~ 레, 레기나 씨?!”

레오니스가 무심코 얼굴을 붉히자…….

“두 사람 다, 성실하게 수업을 들어.”

우등생인 리세리아가 조용히 두 사람에게 주의를 줬다.

레오니스는 다시 교단을 향해 눈길을 돌렸다.

“〈성검〉의 발현 시기는 사람에 따라 다릅니다만 남녀를 가리지 않고 빠르면 다섯 살, 평균적으로는 열두 살 즈음까지는 징후를 보입니다. 물론 예외도 있지만――.”

교사가 리세리아를 힐끔 쳐다본 듯한 느낌이 들었다.

열다섯 살에 〈성검〉을 발현시킨 리세리아는 꽤 늦은 케이스인 것이리라.

(〈성검〉—— 인류에게 주어진 별의 힘, 인가.)

1000년 전의 세상에는 존재하지 않았던 이 이능력은, 64년 전의 〈보이드〉 발생과 거의 같은 시기에 인류 중 일부가 발현시켰다고 한다.

그 형태는 다양했다. 검과 화살 같은 무기도 있는가 하면, 인류가 이제까지 본 적 없는 불가사의한 형상의 무기도 존재했다.

또한, 〈성검〉은 사용자의 혼과 함께 성장하거나 혹은 힘을 잃기도 한다고 한다.

(실제로 엘피네 선배는 오랫동안 〈천안(天眼)의 보주(아이 오브 더 위치)〉의 본래 힘을 잃었었지.)

그리고—— 〈마검〉이라는 것도 있다.

(성검이 별의 힘이라면, 마검은 대체 뭐지……?)

〈성검〉이란, 진짜로 별의 힘인 걸까——?

교사의 이야기를 한 귀로 들으며 그런 생각을 할 때——.

"저기, 레오——."

리세리아가 귓가에서 말을 걸어왔다.

레오니스가 무슨 일인가 싶어 옆을 쳐다봤다.

"나이를 생각하면, 레오도 슬슬 〈성검〉이 발현하지 않을까?"

"네?"

레오니스는 어리둥절한 표정을 지었다.

"레오는 열 살이면서, 최전선에서 〈보이드〉와 싸우고 있는걸. 별이 레오에게 〈성검〉의 힘을 내려도 이상하지 않아."

"저는 그런 생각을 해본 적도 없어요."

〈성검〉의 힘이 깃드는 건, 인류뿐이다.

수인족과 아인족은, 그 힘을 지니지 못했다.

〈마왕〉인 레오니스에게 〈성검〉이 주어지는 일은 없으리라.

——라고, 생각해봤지만…….

(지금의 내 육체는, 인간 소년이잖아.)

성검의 용사—— 레오니스 셰아르토의 몸.

즉, 〈성검〉의 힘이 깃들 가능성이 있을지도 모른다.

——그렇다면, 그것은 어떤 형태를 지녔을까?

〈성검〉의 형상은, 영혼의 형태를 구현한다고 여겨진다.

——지팡이, 혹은 검. 아니면, 사신의 흉흉한 낫일까?

그런 생각을 한 후, 레오니스는 조용히 고개를 저었다.

(뭐, 가능성은 있을지도 모르지만——.)

육체가 인간이라고는 해도——.

인류의 적대자인 〈마왕〉에게, 〈성검〉이 깃들 리가 없다.

——그런 생각을 하고 있을 때, 강의 종료를 알리는 종이 울렸다.

"레오, 오늘 점심은 프레니아 씨네에 가서 먹을 거야."

리세리아는 단말을 가방에 넣으면서 말했다.

"고아원, 말인가요."

리세리아는 프레니아 고아원의 식당에서 때때로 아르바이트를 한다.

"오늘은 고아원에서 가장 연장자인 티세라의 생일이거든."

"그런가요?"

여덟 살 티세라는 고아원에서 가장 똑 부러지는 여자애다. 〈스탬피드〉 때 고아원을 지켜준 것을 계기로, 레오니스를 잘 따른다.

"소년은 정말 너무하네요. 여자애 생일을 깜빡한 거예요?"

레기나가 검지를 세우며 레오니스를 꾸짖었다.

"레오도 같이 갈 거지? 케이크도 있어."

"그럼—— 네, 갈게요."

고아원 아이들과 교류하는 건, 메리트가 크다. 열 살 어린애 행세를 하고 있는 레오니스에게 있어, 의심을 피하기 딱 좋은 은신처가 된다.

또래 아이들과 모험 놀이를 하는 열 살 소년의 정체가 이 도시의 어둠 속에서 암약하고 있는 〈마왕〉이라고는 아무도 생각하지 못할 것이다.

마음속으로 그런 생각을 하는, 사악한 레오니스였다.

◆

"군항에서 반제국 조직과의 교전, 이라."

엘피네는 기숙사의 자기 방에서 늦은 아침을 먹으면서 단말로 뉴스를 봤다.

"요즘 들어 이런 일이 많네."

〈전술도시 계획〉을 추진하면서, 제국은 수많은 아인 국가를 반강제로 제국에 통합시켰다.

그때 생겨난 불만의 불씨가, 아직도 꺼지지 않은 것이다.

버터를 얹은 토스트를 작게 한 입 베어 문 후, 뜨거운 커피를 마셨다.

우등생인 그녀는 이미 필기 과목 대부분을 이수했다.

오전에는 수업이 없기에, 이렇게 우아한 아침을 보낼 수 있었다.

하지만 탐사 타입의 〈성검사〉는 숫자가 절대적으로 부족하기에, 도시 내에서 발생한 문제나 다양한 사업에 동원된다. 현재 예정된 것으로는 며칠 후에 열리는 〈오란〉 자치구의 〈봉신사〉가 있다.

(뭐, 그건 내가 자원한 거긴 해.)

일전의 〈하이브〉 소탕 임무 때, 〈집행부〉 멤버인 라이엇이 〈마검〉에 좀먹혀서 〈성검사〉의 힘을 영원히 잃었다. 그 구멍을 메우기 위해, 엘피네는 〈집행부〉의 업무 중 일부를 대신 맡아주고 있다.

라이엇을 그렇게 만든 자들을, 절대로 용서할 수 없다.

하지만 현재 단서라고는 아직 전모를 파악하지 못한 〈마검 계획(demon' s sword project〉, 그리고 뮤젤을 비롯해 〈마검〉에 좀먹힌 학생들이 사용한 〈인조정령(아티피셜 엘리멘탈)〉 〈세라핌〉밖에 없다.

현재는 입수할 수 없는, 피렛 사에서 만든 정령.

그 정령의 목소리에 끌려, 그들은 〈마검〉에 빠져들었다.

(제도의 〈마검 계획〉…… 아버지가 관여 안 했을 리가, 없어.)

엘피네는 손에 쥔 단말을 노려보며, 흘러내린 검은 머리카락을 깨물었다.

"피네♪"

"꺄아앗!"

느닷없이 누군가가 등 뒤에서 자신을 껴안자, 엘피네는 하마터면 단말에 커피를 쏟을 뻔했다.

"어, 어어어, 언니?!"

허둥지둥 뒤돌아 보니——.

언니 클로비아의 얼굴이, 눈에 들어왔다.

"어, 어째서, 여기 있는 거야?"

"어째서라니? 그냥 들어왔을 뿐이야."

언니는 당연하다는 듯이 검지를 세우며 그렇게 말했다.

그 〈성검〉의 능력은 〈기척 차단〉이다.

설령 〈아이 오브 더 위치〉를 기동시키더라도, 눈치채지는 못할 것이다.

엘피네는 관자놀이를 누르며…….

"그게 아니라, 뭐하러 온 거야? 제도로 스카우트하고 싶단 제안은 딱 잘라 거절했잖아?"

"매정하네. 귀여운 피네를 보러 왔을 뿐인데……."

"……."

이 언니는 대체 무슨 생각을 하는 것일까?

(혹시, 진짜로 별생각 없이 온 걸까? 아니야, 그럴 리가 없어.)

바로 그때——.

언니는 엘피네가 들고 있는 단말을 쳐다보며 한쪽 눈을 슬쩍 치켜떴다.

엘피네가 방금까지 읽고 있던, 테러리스트에 의한 군항 습격 뉴스를 본 것이다.

"그 뉴스, 좀 이상하긴 해."

"이상해?"

반 제국조직의 테러 활동. 딱히 이상할 구석은 없는데 말이다.

"대외적으로는 그렇게 처리됐지만, 실은 군에서 그 사건에 관한 정보를 통제하고 있어."

"정보를 통제해? 대체 왜——."

엘피네의 언니는 왕궁과 기사단에 넓은 인맥이 있는, 피렛의 상급 연구기술관이다.

내부에서 은닉된 정보를 입수했더라도, 이상할 게 없다.

어쩌면 〈가상정보도시(애스트럴 가든)〉를 경유해서 해킹한 것일까.

"아무래도, 군항에서 〈보이드〉와의 전투가 발생한 것 같아."

"〈보이드〉?"

엘피네는 눈을 살짝 치켜떴다.

〈보이드〉가 발생할 경우, 가장 먼저 중앙 〈성검학원〉의 관리국과 엘피네를 비롯한 정보기술관에게 보고되어야 한다.

"군에 의한 정보 통제. 시가지에서 발생한 게 아니니, 시민이 불안에 빠지지 않게 하기 위해서? 아니, 그래도 학원에 보고하지 않는 건 이상해."

엘피네는 턱에 손을 대며 중얼거렸다.

"그렇지? 그래서 좀 흥미가 생겨서 조사해 봤는데——."

클로비아는 엘피네의 귓가로 얼굴을 가져가더니…….
"배에 실린 짐의 일부가 핀젤 오빠의 기업에서 나온 거였어."
"?!"
핀젤 피렛. 피렛 가문의 차남이자, 아버지의 후계자 중 한 명이다.
그리고 엘피네가 리스트업한, 제도에서 〈마검 계획〉에 관여하고 있을 가능성이 있는 인물——.
"설마 〈보이드〉 발생과 연관이——."
"솔직히 말해, 거기까진 모르겠어. 하지만 경애하는 오라버니가 요즘 들어 이상한 움직임을 보이고 있긴 해."
클로비아는 어깨를 으쓱하며 말했다.
"이상한 움직임?"
"신변 경호를 위해, 〈오란〉 출신의 용병단과 계약한 것 같아."
"〈오란〉의 용병단—— 설마, 〈검귀중〉이야?"
"어머, 아는구나?"
"들은 적이 있어. 팀메이트 중에 〈오란〉 출신인 애가 있거든."
——〈보이드〉의 씨를 말리는 것이 목적인 전투집단. 전원이 〈오란〉을 덮친 〈스탬피드〉에서 살아남은, 역전의 〈성검〉 사용자들이다.
"호위 삼아 고용하는 사병치고는, 좀 과하다 싶지 않아?"
"그건, 그래."
언니가 준 정보가 사실이라면, 오빠는 대체 무슨 일을 꾸미고 있는 것일까.

어쩌면 제도에 둥지를 튼 그 괴물── 아버지의 의향에 따라 행동하고 있는 것일까.

"아무튼, 핀젤 오빠의 동향에 주의를 기울이는 편이 좋을 거야. 친언니로서 해주는 어드바이스란다♪"

"……."

"나는 머지않아 알렉시오스 전하의 곁으로 돌아갈 거야. 예전의 스카우트 제안, 잘 생각해봐."

클로비아는 그 말을 남긴 후, 문 너머로 모습을 감췄다.

◆

(어젯밤에 그런 일이 벌어졌는데, 시가지는 완전 평온하네.)

〈용사〉── 아르레 키르레시오.

후드를 깊이 눌러쓴 엘프 소녀는 길가에서 주위를 두리번거리며 살피고 있었다.

주위에 있는 적층 구조물들은 고향의 숲에 있던 그 어떤 나무보다도 높다.

숲에서 자란 아르레가 이 도시 안에서 유일하게 마음을 놓을 수 있는 장소는, 아인 종족이 사는 〈비오톱〉 내부뿐이다.

그런 아르레가 왜 사람들로 붐비는 구역에 왔냐면, 입수하기 어려운 일용품을 구입하기 위해서다.

(옷을 마련해야겠네. 그리고 다른 애들이 쓰는 마도 디바이스도 구해야겠어.)

아르레가 입고 있는 건 폐허가 된 〈서드 어설트 가든〉에서 손에 넣은, 아동용 속옷과 옷이다. 체격이 작아서 사이즈가 맞지만, 그래도 멀쩡한 옷을 구하고 싶다.

이 시대의 정보수집에 필요한 마도 디바이스는, 레나가 시민 허가증을 위조해 줬으니 별탈 없이 구입할 수 있을 것이다.

레나가 동행해 주겠다고 말했지만, 아르레가 거절했다.

아르레가 〈낭마중〉—— 범죄 조직에 몸을 맡긴 건, 어디까지나 〈마왕〉 졸 바디스를 찾아내서 암살하기 위해서다.

(괜히 친분을 쌓으면 마음에 빈틈이 생겨.)

——아무튼.

어젯밤의 사건에서 실력을 어느 정도 드러낸 덕분에, 조직 내에서 어느 정도 신뢰를 얻었을 것이다.

언젠가 〈마왕〉의 측근으로 추천되는 날이 찾아오리라.

(부활한 〈마왕〉을 해치우는 것. 그것이, 내 사명이니까——.)

망토로 감춘 참마검 크로우작스를 무의식중에 움켜쥐었다.

아르레의 앞에 모습을 드러낸 〈마왕〉 졸 바디스.

그자는 허무의 괴물들을 순식간에 해치워버렸다.

정정당당히 싸웠다간, 만에 하나라도 승산은 없을 것이다.

(——그가 진짜 졸 바디스인지, 확신은 들지 않아.)

아르레는 졸 바디스를 직접적으로 알지는 못한다.

구세계의 〈마왕〉을 해치운 건, 사형인 용사 레오니스다.

하지만 그 용사는 훗날 최강 최악의 〈언데드 킹〉이 되었다.

(부활한 〈마왕〉이 하나밖에 없다는 보장은 없어.)

만약, 다른 〈마왕〉들이 이 세상에 되살아났다면——.

혹시, 그 〈언데드 킹〉과도 싸우게 되는 것일까.

바로 그때——.

“이, 이러지 마세요!”

“너희 같은 건, 레오 오빠한테 걸리면—— 꺄앗!”

빌딩 틈새의 골목에서, 어린아이의 목소리가 들려왔다.

“아앙? 그 꼬맹이가 내 옷에 진흙을 튀겼다고!”

이어서, 성인 남성의 거친 목소리가 들려왔다.

아르레는 후드 안의 귀를 쫑긋 세웠다.

(남들의 다툼에 끼어들고 싶지는 않지만…….)

하지만 용사인 자신이 이 상황을 못 본 척할 수는 없다.

목소리가 들려오는 골목으로 걸어가 보니——.

어린아이 세 명이 두 청년에게 위협을 당해서 덜덜 떨고 있었다.

“그만해. 어른이 되어 가지고 꼴사납게 말이야.”

“아앙? 너는 뭐냐?”

아르레가 말을 걸자, 남자들을 그녀를 돌아보면서 짜증 섞인 어조로 말했다.

“이 기민(棄民) 꼬맹이가 말이야.”

“마도 기술이 진보해도, 말이 안 통하는 것들은 여전히 있나 보네.”

흣, 하며 어깨를 으쓱한 아르레는 작게 주문을 읊조렸다.

“〈뇌광격(디그 레이)〉.”

""크, 아아아아아아악!""

손가락 끝에서 뿜어진 조그마한 번개가, 남자들을 순식간에 기절시켰다.

위력을 조절했으니, 죽지는 않았을 것이다.

"가보렴. 앞으로는 조심해."

"아, 네……. 고마, 워요!"

세 어린애에게 말을 건네자, 연장자로 보이는 소녀가 인사한 다음 고개를 들었다.

——바로 그때, 어떤 사실을 눈치챈 아르레는 푸른 눈동자를 희미하게 치켜떴다.

그 소녀가 눈에 익었던 것이다.

일전에 길바닥에서 쓰러졌을 때, 도와준 소녀다.

소녀 또한 후드를 쓴 아르레의 얼굴을 보더니, 아 하고 외쳤다.

"그때 그, 언니…… 맞죠?"

"으~ 으음……."

아르레는 거북한 듯이 눈길을 돌렸다.

굶주림 탓에 쓰러졌던 게, 이제 생각하니 너무 부끄러웠다.

"저, 저기——."

그 소녀는 머뭇거리며 아르레의 망토 자락을 움켜쥐었다.

"보답하고 싶어서 그러는데, 괜찮다면 저희 고아원에——."

"괘, 괜찮아. 보답 같은 건 안 해도 돼."

아르레는 고개를 가로저었다. 용사로서 당연한 일을 했을 뿐이다.

하지만——.

"오늘, 티세라 언니의 생일 파티를 할 거야!"

"누나들이 와서, 맛있는 음식과 케이크를 만들어준댔어요!"

다른 두 어린애, 쾌활해 보이는 소녀와 안경 쓴 소년이 그렇게 말했다.

(케, 케이크……?)

아르레는 무심코 군침을 삼켰다.

그것은 태어나서 자란 장로의 숲에는 없던 음식이다.

이 도시에 와서 처음으로 케이크를 먹었을 때, 아르레는 감동한 나머지 참마검 〈크로우작스〉를 가게에 깜빡 두고 왔을 정도였다.

"케이크……."

돈이 많지 않은 아르레로서는, 좀처럼 먹을 기회가 없는 음식이다.

"레기나 언니의 케이크는, 입에 살살 녹을 정도로 맛있어♪"

"이, 입에 살살……."

아르레의 입안에, 침이 고였다.

일용품과 마도 디바이스의 구입은, 딱히 서둘러야 하는 일이 아니다.

"바쁘, 세요?"

소녀가 올려다보며 그렇게 묻자…….

"자, 잠시만이라면, 괜찮아."

아르레는 손가락으로 머리카락을 돌돌 말면서 대답했다.

◆

오후. 중앙구의 가게에서 식재료를 산 리세리아와 레기나, 레오니스는 프레니아 고아원을 찾았다.

"휴우, 이 정도면 충분할 거야."

리세리아가 군용 차량에 실린 나무 상자를 내려놨다.

"꽤 많이 샀군요."

"아이들 모두가 먹을 양이잖아. 혹시라도 남으면 기숙사로 가지고 돌아가면 돼."

"무, 무겁……네요."

레기나가 끙끙 신음하면서 식재료가 든 봉투를 들었다.

"레기나 씨, 제가 들게요."

"네? 소년, 괜찮겠어요?"

"이래 봬도, 기초 체력 훈련을 하고 있으니까요."

레오니스는 한 손으로, 몇 킬로그램은 될 법한 봉투를 가볍게 들었다.

"흐음…… 역시, 남자애네요."

레기나는 놀란 표정으로 그렇게 중얼거렸지만…….

"레오, 실은 꼼수 부린 거지?"

리세리아가 빙긋 웃으며 그렇게 말했다.

"들켰네요."

사실 레오니스는 중력 계통의 마술을 써서 중력을 완화했다.

리세리아가 그 점을 간파한 건, 최근의 마술 훈련 성과겠지.

"혹시 내가 간파하는지 시험한 거야?"

"뭐, 그런 거예요."

"저기, 소년과 아가씨가 대체 무슨 이야기를 하는 거죠?"

레기나는 의아하다는 듯이 고개를 갸웃거렸다.

고아원 건물 앞으로 가자, 밖에서 놀던 아이들이 뛰어왔다.

"언니! 세리아 누나!", "레오 형!", "앗, 레기나야!", "레기나도 있어!", "레오 오빠!"

"으음. 왜 다들 저만 그냥 이름으로 부르는 거죠?"

"레기나, 빨리 케이크 구워줘!"

"네, 알았어요……. 어~ 머리 잡아당기지 마세요."

기운 넘치는 소녀들이 레기나의 트윈테일 머리카락을 잡고 놀기 시작했다.

"레기나 씨는 인기 있네요."

"하아……. 다들, 소년처럼 의젓하면 좋을 텐데요~."

아이들이 두 갈래의 머리카락을 다 가지고 노는 가운데, 레기나는 작게 한숨을 내쉬었다.

◆

"어서 오렴. 자, 식당으로——."

목소리를 듣고 나온 프레니아 원장이 레오니스 일행을 안으로 안내했다.

프레니아 원장이 식당의 문을 열자——.

"윽?!"

테이블에 앉아 있는 소녀와 눈길이 마주쳤다.

(아닛?!)

레오니스는 하마터면 들고 있던 봉투를 떨어뜨릴 뻔했다.

이쪽을 쳐다보며 굳어 있는, 저 소녀는——.

(아르레 키르레시오! 왜 여기에……?!)

틀림없다. 어젯밤에 군항에 있었던 엘프 용사다.

"아———— 당신!"

레기나가 그녀를 손가락으로 가리키며 외쳤다.

"〈서드 어설트 가든〉에서 우리가 보호했던 엘프 씨 맞죠? 틀림없네요!"

"에, 엘프 잘못 봤어……!"

허둥지둥 후드를 눌러썼지만, 이미 늦었다.

"시민 등록도 안 하고 행방을 감춘 후로, 어떻게 지냈어?"

이번에는 리세리아가 물었다.

전술항공기를 타고 폐도로 돌아오면서 같이 데려왔지만, 〈세븐스 어설트 가든〉에 도착하자마자 모습을 감췄던 것이다.

그 뒤로는 〈낭마중〉에 몸을 맡기고 있었지만, 이 자리에서 그 사실을 아는 사람은 레오니스뿐이다.

"……."

아르레가 후드를 눌러쓴 채 입을 다물자…….

"저기, 아는 사이……예요?"

테이블 앞에 서있던 티세라가 머뭇머뭇 입을 열었다.

"아르레 씨는, 아까 저희를 도와줬——."

"이만 가볼게. 고마워."

아르레는 그렇게 말하며 자리에서 일어섰다.

"기, 기다려——."

리세리아가 아르레의 팔을 허둥지둥 움켜잡았다.

"사정이 있는 거라면, 〈성검학원〉에 편입하라고 억지로 권하지는 않을게. 너는 폐도에서 우리를 도와준 은인이잖아."

"……."

"기왕이면 케이크만이라도 먹고 가지 않겠어요?"

"마, 맞아요. 그편이 좋겠어요."

티세라가 고개를 끄덕였다.

"아, 알았어."

아르레는 내키지 않는 태도를 보이며, 다시 자리에 앉았다.

◆

펑, 퍼퍼퍼펑, 펑!

"티세라, 아홉 살 생일 축하해."

"고, 고마, 워요!"

티세라는 환하게 웃으며 고개를 꾸벅 숙였다.

식당 테이블 위에는 각자가 준비한 선물 상자가 놓여 있었다.

리세리아가 준비한 선물은, 티세라가 좋아하는 그림책이다.

레기나는 쿠키를 만들 때 쓰는 틀이었다.
"나는, 이걸……."
레오니스도 일단 선물을 준비했다.
호화로운 상자에서 꺼낸 것은——.
"윽!"
한아름은 될 듯한, 뼈 오브제였다.
〈네크로조아〉에서 주운 뼈를, 드래곤 모양으로 조립한 것이다.
"레, 레오……?"
"이걸 만드느라 뼈가 빠지는 줄 알았어요. 뼈 오브제라 더 그런 걸까요."
레오니스는 센스 없는 농담을 의기양양한 투로 말했다.
"무서워~!", "꺄악!", "왠지 한밤중에 움직일 것 같아……!"
하지만 고아원 아이들(특히 여자애)의 반응은 영 좋지 않았다.
"소년은 참 수준 높은 센스를 지녔군요……."
"여, 열심히 만들었구나! 응!"
레기나와 리세리아도 복잡한 표정을 짓고 있었다.
아르레만이 "잘 만들었네. 진짜 같아."라며 감탄했다.
(어, 어째서야. 이게 얼마나 멋진지 이해를 못하다니……?!)
예상했던 반응과 너무 다른 탓에, 레오니스는 내심 당황했지만——.
"고, 고마워, 레오 오빠! 정말 기뻐!"
티세라가 의자에서 벌떡 일어나며 외쳤다.

"자, 자세히 보니, 귀, 귀여……운 것 같아!"

티세라는 콧김을 뿜으며 힘차게 말했다.

(귀, 귀엽……나?)

레오니스는 마음속으로 고개를 갸웃거렸지만, 아무튼 본인은 기뻐해 주는 것 같았다.

"후후. 소년도 여간내기가 아니군요♪"

레기나는 레오니스의 귓가에서 놀리듯 그렇게 속삭였다.

"맞아. 고아원 밖에 장식해두면, 도둑을 쫓아내는 데 도움이 되겠네."

"네, 그게 좋을 거예요."

프레니아 원장이 제안하자, 레오니스는 고개를 끄덕였다.

사실 이 뼈로 된 오브제에는 제2계위 마술 〈살아있는 수호자(애니메이티드 가디언)〉이 걸려 있어서, 여차할 때는 자동으로 건물을 지킨다.

"그럼, 케이크를 기대해 주세요."

레기나가 자리에서 일어서자, 고아원 아이들이 환성을 질렀다.

아르레도 함께 환성을 지르려다, 퍼뜩 놀라며 입을 다물었다.

◆

레기나와 리세리아가 요리를 만드는 사이, 레오니스는 거실에서 아이들과 놀아주기로 했다.

(놀아주라고 해도…… 뭘 어떻게 하면 되지?)

레오니스는 부엌에 있는 리세리아를 원망스럽게 노려봤다.

아이들 중에서는 티세라가 가장 연장자이며, 그 다음이 밀렛과 린제 남매다.

티세라는 가장 나이 많은 언니답게, 아이들을 잘 돌봐줬다.

(어린애와는 놀아준 기억이 거의 없거든…….)

거실 한편에서, 머나먼 과거의 기억을 떠올렸다.

레오니스도 한때는 이 아이들처럼 고아였다.

당시의 로그너스 왕국에는 고아원이 거의 없어서, 〈마왕〉과의 전쟁으로 부모를 잃은 고아들은 뒷골목을 배회하고 있었다.

그런 처지의 여섯 살 소년을 거둔 건, 훗날 왕국의 영웅이라 불리게 되는 남자였다.

레오니스는 그 남자 밑에서, 그저 필사적으로 검술을 갈고닦았다.

(——아이러니한 일이야. 그 애가 훗날에 세계의 적인 〈마왕〉이 되다니 말이지.)

그리고 스승인 그 남자와의 인과는 아직까지 이어지고 있는 것 같았다.

레오니스는 고개를 들더니, 거실 구석에서 멀뚱멀뚱 앉아 있는 엘프 소녀를 쳐다봤다.

아르레 키르레시오—— 같은 스승에게 가르침을 받은, 후배 제자라고 할 수 있을까.

아마 인간과 접점을 가진 적이 거의 없을 것이다.

원래 숲에 사는 엘프는 배타적이고, 까다로운 종족이다.

웬만해서는 숲에서 나와 인간과 얽히려 하지 않는다.

(우연이라고는 해도, 모처럼의 기회군. 좀 캐보도록 할까.)

레오니스는 자리에서 일어나더니, 아르레를 향해 걸어갔다.

"어?"

그것을 눈치챈 아르레가 고개를 들었다.

"무, 무슨 일이야……."

"저, 저기, 누나. 저와 같이 안 놀래요?"

"뭐, 어엇?!"

아르레는 긴 귀를 쫑긋거리더니, 당황한 듯한 반응을 보였다.

입에서 나온 말은 여자를 꼬시는 듯한 대사지만, 지금의 레오니스는 열 살밖에 안 된 소년이다.

부자연스러울 건 없다.

"저기, 미안한데. 나는, 인간 어린애와 논 적이 없어서……."

"아, 괜찮아요. 제가 알아서 가지고 놀 거니까요——."

"뭐?"

레오니스는 입술을 일그러뜨리며 웃더니…….

"〈정신계〉 제3계위 마술——〈정신예속(바리스 로 제르마)〉."

작은 목소리로 주문을 영창한 순간, 아르레의 눈에서 빛이 사라졌다.

주문 저항을 시도해 본 것 같지만, 레오니스의 마술 앞에서 저항은 무의미하다.

레오니스는 대화를 나누는 척하면서, 아르레의 옆에 앉았다.

거실에서 놀고 있는 티세라와 아이들은 딱히 이상하게 여기지 않았다.

(——자, 뭘 물어볼까.)

잠시 생각에 잠긴 후, 물어봤다.

"당신을 이 시대에 보낸 건, 숲의 〈장로수〉인가요?"

"그래. 나는 〈장로수〉로부터…… 사명, 을 받았어……."

"흐음. 뭐, 그럴 것 같았어."

〈장로수〉는 세계의 중심에 있는 〈신성수(神聖樹)〉의 일부이며, 숲의 신의 종속신이다.

〈신성수〉의 본체는 대현자 아라키르 데그라지오스가 먹어치운 것 같지만, 〈장로수〉는 숲속에서 살아남은 것 같았다.

"당신의 사명은, 이 시대에 되살아난 〈마왕〉을 멸하는 거죠?"

"응. 이 참마검 〈크로우작스〉로, 〈마왕〉을……."

아르레는 공허한 눈빛을 머금은 채 고개를 끄덕였다.

"부활한 〈마왕〉을, 어떻게 찾을 생각인데요?"

"그건, 쉬워. 〈마왕〉이 있는 곳에는, 틀림없이, 파괴와 혼돈이 펼쳐지니까……."

"꼭 그렇다고 단정할 수는 없을 텐데 말이지."

레오니스는 어처구니 없어서 미간을 찌푸렸지만——.

확실히 용왕 베이라, 수마왕 가조스, 귀신왕 디졸프 같은 이들은 그런 방법으로 찾을 수 있을 것 같다는 생각이 들었다.

레오니스처럼 신중하게 몸을 숨기는 〈마왕〉이 소수파이리라.

이래서는 레오니스와 비슷한 정보만 가지고 있을 것이다.

약간 낙담하면서도, 이어서 질문을 던졌다.

"〈여신〉—— 로제리아 이슈타리스의 전생체에 관한 정보를,

가지고 있나요?"

그러자――.

느닷없이, 변화가 찾아왔다.

"리, 아…… 로제, 리아…… 여, 신…… 허무……의――."

(뭐?!)

갑자기 눈을 치켜뜬 엘프 소녀가, 잠꼬대하듯 그런 말을 늘어놨다.

"여……신…… 미……래―― 두 개의……."

(정신 지배에 대한 방어 반응? 하지만――.)

레오니스는 눈동자에 마력을 집중해서, 아르레의 정신을 직접 살펴봤다.

그 순간, 레오니스의 뇌리에 전기가 흐른 듯한 충격이 왔다.

(――윽, 말도 안 돼. 공격……당한 건가?)

정신 파괴의 저주. 평범한 마도사라면, 영혼이 제거당했으리라.

아르레 키르레시오의 배후에서, 누군가의 시선이 느껴졌다.

(뭔가가, 이쪽을 관찰하고 있어?)

레오니스는 즉시 〈바리스 로 제르마〉를 해제했다. 그리고 저주가 걸렸을지도 모르니 자기 몸에 〈저주감지(딜루레아)〉 주문을 걸었다.

보아하니, 공격은 한순간만 받은 것 같았다.

(대체, 누구지?)

가장 먼저 머릿속에 떠오른 것은, 이 엘프 소녀를 보낸 〈장로수〉가 아르레를 통해 바깥세상을 관찰하고 있을 가능성이다.

하지만――.

(아니야. 방금 시선은 〈장로수〉가 아니었어. 전혀 다른 무언가야.)

레오니스는 그런 확신을 느끼고 있었다.

(실수했는걸. 안이하게 건드는 게 아니었어.)

레오니스의 정체까지 알려지지는 않았겠지만, 누군가가 아르레에게 정신 지배를 건 흔적은 상대방에게 전해졌을 것이다.

(로제리아의 이름에 반응한 것 같았는데…… 아니면, 여신이라는 단어일까?)

"으, 으음……?"

아르레의 눈동자에 빛이 돌아왔다.

"어, 라……. 나, 뭘……?"

"깜빡 존 것 같네요. 혹시, 피곤하세요?"

"어? 아, 어제 이런저런 일이 있었거든――."

아직 의식이 완전히 돌아오지는 않은 건지, 아르레는 멍한 목소리로 대답했다.

아르레 자신은 누군가에게 관찰당하고 있다는 사실을 모르는 것 같았다.

(관찰자의 정체를 알 때까지, 한동안 내버려두는 게 좋을지도 모르겠는걸.)

레오니스는 마음속으로 그렇게 결론을 내렸다.

"다들, 밥 다 됐어."

바로 그때, 부엌 쪽에서 리세리아의 목소리가 들려왔다.

◆

"와아♪"

테이블을 가득 채운 요리를 본 티세라의 눈이 반짝였다.

달콤한 베리 소스를 끼얹은 영계 로스트와, 갓 구운 빵. 리세리아가 직접 밭에서 기른 채소와 베이컨을 잔뜩 넣고 끓인 수프.

고기 경단이 들어 있는 필라프. 세 종류의 콩을 넣은 볶음. 치즈가 흘러내리고 있는 파스타, 미트 그라탱, 양식 플랜트에서 채취한 조개로 만든 찜. 껍질을 벗기고 삶은 옥수수. 레오니스가 좋아하는 레기나 특제 데미그라스 햄버그.

"너무 많이 만들어 버렸으니까, 다들 많이 드세요."

레기나가 한쪽 눈을 살짝 감으며 그렇게 말하자, 아이들은 앞다퉈 쟁탈전을 벌이기 시작했다.

"다, 다들, 예의 좀 지켜……."

"티세라 언니도 빨리 먹어."

티세라가 꾸짖었지만, 다들 들은 척도 하지 않았다.

"레오도 사양할 필요 없어."

"아, 저는 애가 아니니까요."

레오니스는 차분한 표정으로 그렇게 대답했지만, 그는 이미 햄버그를 확보했다.

"채소도 챙겨 먹어. 저 애처럼——."

리세리아의 시선이 향한 곳에는…….

테이블 구석에서 빵과 채소를 허겁지겁 먹고 있는 아르레가 있었다.

"그녀는 엘프니까요……."

"마치 축제가 열린 것 같네. 정말 고맙구나."

프레니아 원장이 미소를 지으며 리세리아에게 감사했다.

"아뇨. 저야말로 항상 신세를 지고 있으니까요."

"아, 맞다! 레오 오빠!"

볼에 소스가 묻은 밀렛이 고개를 들었다.

"곧 있으면 〈오란〉에서 축제가 열려."

"응? 아, 그렇다더군요."

〈오란〉의 제례에 관해서는 오늘 아침에 리세리아한테서 들었다.

"여러분도 축제에 갈 건가요?"

"응! 실은 말이야. 레오 오빠와 같이 가고 싶다고, 티세라 언니가——."

"으~! 미, 밀렛?!"

얼굴을 새빨갛게 붉힌 티세라는 놀란 나머지 빵이 목에 걸린 것 같았다.

"소년, 같이 가주지 그래요?"

레기나는 빙긋 미소지으면서 레오니스에게 말했다.

"우리도 사쿠야의 연무를 보러 갈 거야."

리세리아도 고개를 끄덕였다.

"그렇군요."

〈오란〉의 제례에는 전부터 흥미가 있었다.

그 구역에는 아직 발을 들인 적이 없고, 무엇보다 그들이 모신다는 고대의 〈신〉에 관한 정보도 얻고 싶었다.

"좋아요. 실은 저도 가보고 싶던 참이에요."

레오니스가 그렇게 답하자, 티세라는 작은 목소리로 「만세」 하고 말하며 기뻐했다.

"그럼 당일에 다 같이 모여서 가자."

"알았어요."

레오니스가 고개를 끄덕인, 바로 그때였다.

『——마, 마왕님, 마왕님, 긴급 사태입니다!』

느닷없이, 셜리에게서 온 염화가 머릿속에 울려 퍼졌다.

『셜리, 무슨 일이지?』

『〈마왕성〉에, 정체불명의 침입자가 나타났어요.』

『뭐라고?』

제4장 마왕성의 침입자

Demon's Sword Master of Excalibur School

『〈마왕성〉에…… 침입자?』

레오니스는 〈염화〉로 셜리에게 되물었다.

『——대체, 어떤 괘씸한 놈이냐……. 숫자는 얼마나 되지?』

『수인들의 보고에 따르면, 아무래도 혼자인 것 같습니다. 적에 대한 상세한 정보는 아직 파악하지 못했습니다만——.』

레오니스는 잠시 생각에 잠겼다.

마왕성의 던전은 〈세븐스 어설트 가든〉 지하에 있는 〈포탈〉과 마술적으로 접속되어 있다. 쉽게 침입할 수 있는 곳이 아니다.

『적은 수인 중 한 명을 인질로 잡아서, 〈문〉으로 안내시킨 것 같습니다.』

상황은 이해했다. 부하의 낮은 충성심에 분노를 느껴야 할지도 모르지만, 그들은 목숨이 없는 스켈레톤이나 망자의 군대가 아니다. 자기 목숨이 아까울 것이다.

(——나는 아직 부하의 마음을 완전히 장악하진 못한 거군.)

"소년, 벌써 배불러요?"

레오니스가 식사를 멈추자, 레기나는 걱정스러운 눈길로 쳐다봤다.

"아, 아뇨. 잠시 다른 생각 좀 했어요."

레오니스는 허둥지둥 접시에 놓인 햄버그를 입에 넣었다.

『마왕님, 침입자의 말살을 허가해 주시겠습니까?』

『음, 그래……. 아니, 기다려라. 그 적에게, 조금 흥미가 생기는군.』

레오니스는 잠시 생각을 잠긴 후, 셜리를 제지했다.

『내가 가지. 내 〈마왕성〉에 단신으로 쳐들어온, 그 용기—— 아니, 만용에 경의를 표해서, 내 앞에 무릎을 꿇는다면 부하로 받아주도록 할까.』

『그럼, 이대로 침입을 허용할까요?』

『그래. 마왕성의 방위 능력을 시험할 좋은 기회이기도 하지. 정중히 맞이해 주도록.』

『알겠습니다, 마왕님——.』

레오니스는 햄버그를 통째로 삼킨 뒤, 조용히 자리에서 일어섰다.

"레오, 왜 그래?"

"좀 과식했나 봐요. 화장실 다녀올게요——."

적당히 얼버무리며 복도로 나온 레오니스는 그림자 안에서 해골 전사 하나를 소환했다.

"로그너스 삼용사—— 투사 도르오그, 대령했사옵니다."

경갑주를 걸친 해골 전사가 레오니스 앞에서 공손히 머리를 숙였다.

"나는 이제 거점으로 돌아가겠다. 잠시 내 대역을 맡아라."

"마왕 폐하의 명을 받들겠사옵니다."

레오니스는 고개를 끄덕인 후, 도르오그에게 〈변신〉 마술을 부여했다.

해골 전사의 모습이 변하더니, 순식간에 레오니스와 똑같은 모습으로 바뀌었다.

"부탁한다. 절대로 이상한 행동을 취하지 말도록——."

레오니스는 그 말을 남긴 후, 〈그림자〉 안으로 들어갔다.

◆

"설마, 도시 지하에 이런 장소가 있다니——."

창백한 빛을 뿜는 〈포탈〉을 통과한 후——.

침입자 소녀는, 숨을 삼켰다.

무수한 화톳불이 피워져 있는, 광대한 지하 공간.

눈앞에는 바위벽으로 된 통로가 끝이 없는 것처럼 이어지고 있었다.

〈세븐스 어설트 가든〉 안에, 이런 공간이 있을 리가 없다.

그렇다면, 저 〈문〉은——.

(전이장치, 인 건가?)

그런 마도 기술은, 제도에서도 아직 실용화되지 않았을 것이다.

"무, 〈문〉 앞까지는 안내했다고! 그, 그러니 목숨만은——."

목에 칼이 닿아 있는 수인이 필사적인 기색으로 외쳤다.

"아직이야. 마왕이 있는 곳까지 안내해 줘야겠어."

"그, 그건 무리야. 마왕의 거처에는 우리 〈낭마중〉에서도 간부만 알아. 이 미궁 아래로 계속 내려가다 보면 언젠가 도달하겠지만, 미궁의 하층에는 무시무시한 마물이 우글우글——."

"늑대인간 주제에 말이 참 많네. 안내할 거야, 안 할 거야?"

침입자인 소녀—— 사쿠야 지클린데는 수인의 목에 댄 칼에 더욱 힘을 줬다.

〈무라쿠모〉의 첩보 능력으로도 〈마왕〉의 정체에 관한 유익한 정보를 입수하지 못했지만, 부하인 〈낭마중〉에 관해서는 〈왕랑파〉 잔당을 추적하면서 어느 정보를 얻을 수 있었다.

그중 한 명과 접촉해서, 마왕이 있는 곳으로 안내하게 시킨 것이다.

"그, 그것만은 봐달라고!"

"미안해. 나도 실은 이런 짓을 좋아하진 않아."

수인이 필사적으로 호소했지만, 사쿠야는 냉철하게 거절했다.

〈마왕〉—— 졸 바디스. 이 〈세븐스 어설트 가든〉의 어둠의 지배자.

(지배자를 자처하는 자라면, 〈검귀중〉의 계획을 무시하지 못할 거야.)

〈검귀중〉의 계획이 뭔지는 아직 모른다. 하지만, 이 〈세븐스 어설트 가든〉을 전장으로 삼으려 한다는 것은 틀림없다.

사쿠야와 그들은 보이드를 사냥하는 복수자란 점은 같지만,

대의와 신념을 위해 무고한 이들을 휘말리게 하는 짓은 절대로 좌시할 수 없다.

하지만 사쿠야 혼자서 복수심에 불타는 그 집단을 막을 수 있을 리 없다.

성검학원의 〈관리국〉에는 이미 익명으로 신고했다.

일전의 〈히페리온〉 사건 이후, 〈세븐스 어설트 가든〉의 테러 경계망은 최고 레벨을 유지하고 있을 것이다.

(하지만, 상대는 〈오란〉 최정예인 〈검귀중〉이야. 관리국만으로는 분명 대처하지 못해.)

〈세븐스 어설트 가든〉은 어디까지나 〈보이드〉 전투의 최전선이기에, 〈제도〉처럼 내부의 테러리스트에 대처하기 위한 전문 기관이 있는 건 아니다.

그렇기에 사쿠야는 이 도시에 존재하는 또 하나의 힘에 의지하기로 했다.

(강대한 힘── 마왕과 교섭해, 손을 잡는 거야.)

사쿠야에게 이것은, 이판사판의 도박이다.

마왕은── 어둠의 지배자를 자처한 그 존재는, 이 도시에 사는 시민의 목숨을 아낄 것인가.

교섭에 실패한다면, 자신의 목숨을 잃을지도 모르지만…….

"자, 안내해."

"히, 히이익!"

사쿠야가 수인의 목에 댄 칼날에 살짝 힘을 준, 바로 그때였다.

『──내 성에 잘 왔구나, 용감하지만 어리석은 검사여.』

"?!"

지하 미궁의 통로에, 은은한 목소리가 울려 퍼졌다.

"〈마왕〉—— 졸 바디스!"

『그대의 만용에 경의를 표해, 환대해 주도록 하지.』

화륵, 화륵, 하면서 전방에 있는 통로에 청백색의 도깨비불이 피어올랐다.

"안내…… 해 주는 거야?"

『그래. 단, 시련에 합격한다면 말이다. 미궁을 돌파해, 내가 있는 곳까지 와봐라.』

"바라는 바야."

사쿠야는 인질을 놔주더니, 〈라이키리마루〉를 고쳐 쥐었다.

〈성검〉의 끝에, 보라색 번개가 맺혔다.

(함정, 일지도 모르지만…….)

하지만, 망설여봤자 아무 소용 없다.

〈성검〉을 거머쥔 사쿠야는 어둠 속으로 발을 들였다.

◆

(으으~ 사쿠야가 왜 여기에……?!)

해골 옥좌에 앉은 레오니스는 머리를 짚고 낮게 신음했다.

손에 쥔 수정구슬에 비친 건, 오란의 흰색 전통복을 휘날리고 있는 푸른 머리 소녀였다.

사쿠야가 〈마왕〉의 정체를 탐색할 가능성은 염두에 두고 있었지만——.

(뜻밖이군. 설마 하루 만에 마왕성에 쳐들어오다니…….)

그건 그렇고, 목적이 대체 뭘까——?

1000년 전의 용사들처럼, 마왕을 토벌하러 온 것은 아니리라.

"뭐, 일단 솜씨를 보실까——."

사쿠야의 실력은 성검학원 훈련 시합을 통해 파악하고 있다.

개인적인 전투 능력은 손꼽히며, 무턱대고 돌진하는 타입처럼 보여도 사실은 판단 능력이 뛰어나다. 검술 실력은 인간을 초월한 강자들이 우글거리던 레오니스의 시대에서도 충분히 먹힐 레벨이다.

그리고, 저 가속의 〈성검〉—— 〈라이키리마루〉.

레오니스는 다시 수정구슬을 쳐다봤다.

사쿠야는 하급 스켈레톤 병사 무리를 베어 넘기면서, 쏜살처럼 나아가고 있었다.

평범한 인간은 그 모습을 눈으로 좇지도 못할 것이다.

(——부하로 삼고 싶을 정도인걸.)

현재, 레오니스의 군단의 핵심인 언데드 군대는 마력만으로 무한정 만들어낼 수 있는 것이 아니다.

스켈레톤이든, 구울이든, 혹은 스컬 드래곤이든 간에, 언데드를 만드는 데는 재료로 쓸 시체가 필요했다.

전란이 끊이지 않던 1000년 전이라면 시체를 얼마든지 조달할 수 있지만, 이 시대에서는 쉬운 일이 아니다.

미지의 생명체—— 아니, 생명체인지도 확실하지 않은 〈보이드〉의 사체는 시간이 지나면 허공으로 사라져버리기에 재료로 쓸 수 없다.

이미 부하로 삼은 〈낭마중〉의 수인들은 강인한 신체 능력을 지녔지만, 아직 전투 경험이 부족하다. 무기를 주고 적절한 전투 훈련을 받게 하면 〈팔마왕〉 중 한 명인 수마왕 가조스 헬비스트의 〈수마군단〉처럼 강인한 군단을 편성할 수 있을지도 모르지만, 그것은 더 나중 일이다.

(만약 사쿠야를 〈마왕군〉에 포섭할 수 있다면——.)

"마왕님."

바로 그때, 레오니스가 앉아 있는 해골 옥좌 옆에 셜리가 나타났다.

셜리는 티 세트가 놓인 쟁반을 든 채 공손히 몸을 숙였다.

"마실 것을 준비했습니다."

"음, 고맙다."

짤막하게 대답한 레오니스는 홍차를 입에 댔다.

셜리는 낙제 메이드지만, 홍차를 타는 것만큼은 잘했다.

"저 여검사의 목적은 무엇일까요?"

셜리는 수정구슬을 들여다보며 의문을 입에 담았다.

"모른다. 뭐, 내 휘하에 들어오기 위해서는 아니겠지."

레오니스는 홍차를 홀짝이더니, 발치에 있는 그림자를 향해 물었다.

"브라커스여, 너는 저자와 친밀하지 않나?"

"다소의 인연은 있다."

그림자가 부풀어 오르고, 검고 거대한 늑대로 모습을 바꿨다.
"진정한 검사의 마음가짐을 지닌 고결한 소녀지."
"흠……."
레오니스는 고개를 끄덕이더니…….
"그럼, 사쿠야를 〈마왕군〉에 포섭하는 건 어떨까?"
브라커스는 귀를 쫑긋 세웠고, 셜리는 눈을 살짝 치켜떴다.
이 검은 늑대 왕자는, 잠시 생각에 잠기듯 눈을 감더니——.
"그건, 〈마왕군〉의 최고 사령관인 그대가 정할 일이다."
조용히 대답했다.
"그런가."
레오니스는 수정구슬 안에서 싸우고 있는 사쿠야를 응시하며 말없이 생각에 잠겼다.
사쿠야 지클린데 수준의 검사는, 얻기 힘든 존재다.
아직 열네 살밖에 안 된 사쿠야는 앞으로 실력이 더욱 좋아질 것이다.
전선 지휘관으로서 우수한 리세리아와 달리, 사쿠야는 유격 임무에 적합하다.
레오니스의 부하 중에서 비슷한 타입을 찾자면, 〈불사군단〉의 돌격대장으로서 엄청난 활약을 보여줬던 〈명부(冥府)의 기사〉 슈타이저 하리오르코스 정도일까.
게다가——.
"옛 왕가의 피를 이은 사쿠야를 포섭한다면, 〈오란〉의 백성을 전부 부하로 들일 수 있을지도 모르겠군——."

뭐, 일은 말처럼 쉽게 풀리지 않을 것이다.

그래도 〈보이드〉라는 공통의 적이 있는 만큼, 협력할 여지라면 충분히 있다.

"우~. 마왕님은 또 생각 없이 권속을 늘릴 셈이신가요."

셜리는 삐친 것처럼 볼을 부풀렸다.

"매그너스 공, 스켈레톤 병사가 돌파당한 것 같다."

"흠, 역시 대단한걸. 하지만, 이 정도는 예상했지."

하급 스켈레톤 병사가 진심인 사쿠야를 막을 수 있을 리 없다.

"다음은 〈섀도 비스트〉다——."

◆

"하아아아아아앗! 뇌신열파참!!"

뇌광을 두른 새하얀 칼날이 허공에서 춤추며, 해골 병사를 베고 베고 또 베어넘겼다.

허공을 춤추는 뼈가 미궁의 벽에 부딪히고, 산산이 부서졌다.

(뼈로 된 마물…… 그 〈마왕〉이 만들어내고 있는 걸까?)

하나하나는 별로 강하지 않지만, 숫자가 많은 탓에 피로가 쌓여 갔다.

"마음껏 싸울 수 있어서, 기분은 좋지만 말이——야!"

서걱——!

칼날이 또 한 번 번뜩였다. 그와 동시에 터져 나온 뇌광이 해골 병사들을 한꺼번에 쓸어버렸다.

미궁을 뒤덮은 스켈레톤 무리가 그제야 사라졌다.

"하아, 하아, 하아——."

안도하면서 호흡을 가다듬으려 한, 바로 그 순간이었다.

그르르르르르르릉!

화톳불이 일렁이며 만들어낸 지면의 그림자가 부풀어 오르더니, 그림자 짐승이 되어 사쿠야에게 달려들었다.

"윽!"

반사적으로 피하면서 그림자 짐승을 베었다.

——하지만 그게 끝이 아니었다. 지면의 그림자가 끓어오르듯이 부글거리더니, 그림자로 된 짐승이 연이어서 모습을 드러냈다.

"큭, 이, 게……!"

눈앞의 적을 베어 넘기면서 그대로 돌파하려 했지만, 이미 포위당하고 말았다.

해골 병사들과는 다르게, 이 그림자 짐승은 연계를 취하며 사냥감을 몰아붙이고 있었다.

(큭, 적의 숫자—— 행동 패턴의 예측이 필요해.)

차례차례 덤벼드는 짐승의 공격을 버텨내면서, 마음속으로 그렇게 중얼거렸다.

엘피네 선배의 정보 분석. 세리아 선배의 적절한 지휘.

(레기나 선배의 엄호 사격도 있다면, 더할 나위 없겠네…….)

그리고, 최근에 부대에 가입한 그 소년—— 레오니스.

소대 안에서 눈에 띄게 활약하지는 않았지만, 그 소년이 있음으로써 신기하게도 소대의 움직임이 원활해지는 듯한 느낌이 들었다.

반년 전만 해도, 팀메이트와의 연계는 생각해 본 적도 없었다.

상급생이 주체인 다른 부대에 들어간 적은 있지만, 결국 혼자서 〈보이드〉를 몰아붙이는 방식으로만 싸운 탓에 금방 쫓겨났다.

(——원래는, 이게 내 전투 방식이었어.)

〈보이드〉를 상대로 수라처럼 싸우는, 고고한 검.

——약해졌다고 생각하지는 않는다. 다만, 강함의 질이 달라진 것은 사실이다.

그림자 짐승들이 울부짖으며 사쿠야의 사지에 달려들었다.

오른발에 들러붙은 한 마리는 해치웠지만——.

짐승은 차례차례 생겨나, 그림자 안으로 끌고 들어가려 했다.

사쿠야의 온몸에서, 허무의 독기가 뿜어져 나왔다.

파직파지가직파직——!

〈라이키리마루〉의 칼날에 검은 뇌광이 휘감겼다.

마검——〈야미치도리〉.

소대 동료들에게도 숨긴, 〈보이드〉 전투용의 히든카드다.

사지에 들러붙은 그림자 짐승들이 순식간에 소멸하더니, 그림자 속으로 사라졌다.

"큭, 이런, 데서……!"

칼끝을 휘둘러서, 〈마검〉을 평소의 〈라이키리마루〉로 변화시켰다.

한순간이라도, 〈마검〉을 사용하면 몸이 허무에 좀먹힌다.
"〈마왕〉…… 이렇게 강력한 수하를 거느린 건가……."
사쿠야는 거친 숨을 내쉬면서, 다시 미궁 안쪽을 향해 걸음을 내디뎠다.
바로 그때――.
『――호오, 〈섀도 비스트〉를 쓰러뜨릴 줄이야. 예상을 뛰어넘었군. 그건 내 부하 중에서도 나름 강한 축에 속하는 마물이지.』
"윽, 마왕?!"
통로를 비추는 도깨비불이 일제히 사라졌다.
『합격이다. 특별히 알현을 허락해 주마.』
다음 순간, 사쿠야의 발밑에 청백색으로 빛나는 마술법진이 생겨났다.
"어…… 으아악!"

◆

(――뭐지? 사쿠야의 〈성검〉이, 변화했어?)
레오니스는 해골 옥좌에 앉은 채, 눈썹을 모았다.
사용자의 의지로 〈성검〉의 형태를 변환할 수 있다는 것은 물론 알고 있다.
포격 모드와 저격 모드로 전환 가능한, 레기나의 〈맹룡포화(드래그 하울)〉가 대표적인 예다.

하지만 사쿠야는 훈련 시합에서 저 검은 칼을 선보인 적이 단 한 번도 없다.

(훈련 시합에서는 보여줄 수 없는, 비장의 수단인 건가?)

저 형태 변환은, 모종의 대가를 치러야만 가능한 것일까.

아니면, 숨기고 싶은 이유라도 있는 건가——?

레오니스는 옥좌 아래편을 쳐다봤다.

이 방의 중앙에 눈부신 마술법진이 생겨나더니, 사쿠야는 알현실로 전송됐다.

"여, 여기는……?"

"말조심해라. 〈마왕〉 졸 바디스의 앞이다."

허둥지둥 주위를 두리번거리는 사쿠야에게, 레오니스가 말을 건넸다.

이미 〈마왕〉의 가면을 썼고, 브라커스와 셜리는 물러나게 했다.

"레이디에게 너무 난폭한 짓을 하는 것 아니야?"

상황을 파악한 듯한 사쿠야는 고개를 들더니, 레오니스를 노려봤다.

"침입자 대우치고는 꽤 신사적이라고 생각하는데 말이지."

레오니스가 그렇게 대꾸하자, 사쿠야는 입을 다물었다.

"그 점은 사과할게. 이렇게라도 해야 만날 수 있을 거라고 생각했어."

"그래. 그래서, 이 마왕성을 방문한 이유는 뭐지?"

그렇게 묻자, 사쿠야는 〈라이키리마루〉의 칼끝을 약간 내리며 입을 열었다.

"〈마왕〉, 너는── 이 도시의 어둠의 지배자라고 말했지?"

"그렇다. 너희들 인간이 인정하든 말든, 이 〈세븐스 어설트 가든〉은 이미 내 〈왕국〉이지──."

"그럼 이 도시를 파멸시키려고 하는 자는 네 적, 이겠네?"

"흠. 내 왕국을 파멸시키려 하는 자들이 있다는 건가?"

"자세한 계획은 몰라. 하지만 무시무시한 일을 꾸미고 있는 건 틀림없어. 일전에 네가 부두에서 해치운 〈보이드〉, 그걸 가져온 게 바로 그자들이야."

"호오."

레오니스는 가면을 쓴 채 미간을 모았다.

"가져왔다고? 〈보이드〉는 허무에서 생겨나는 게 아니었던 것이냐?"

"응. 네 말대로, 인데……."

사쿠야는 말끝을 흐리며 고개를 저었다.

본인도 그 점에 관해 확증이 있는 것 같지는 않았다.

"만약 네가 말하는 자들이 〈보이드〉를 내 왕국으로 가져왔다면, 그건 왕국의 지배자인 나에 대한 명백한 적대행위겠지."

"〈마왕〉 졸 바디스, 나는 그들의 계획을 막고 싶어. 하지만 나 혼자만의 힘으로는 무리야. 그러니──."

"내 힘을 빌리고 싶다, 는 건가?"

"응."

사쿠야는 절박한 표정으로 고개를 끄덕였다.

"그자들은, 강한가?"

"강해. 숫자는 적지만, 전원이 나와 비슷한 수준의 〈성검〉 사용자야. 그리고, 그들은 죽음을 두려워하지 않아."

"오호라."

레오니스는 고개를 끄덕이며 마음속으로 생각했다.

(사쿠야와 같은 수준의 〈성검〉 사용자 집단, 인가――.)

그런 자들이 있다면, 부하로 삼고 싶다.

"〈보이드〉든, 〈성검〉 사용자든, 내 〈왕국〉에 해를 가하려는 자는 전부 내 적이다."

레오니스의 은은한 목소리가 알현실에 울려퍼졌다.

"좋다. 하지만, 〈마왕〉의 힘을 빌리기 위해선, 나름의 대가가 필요하지."

"……."

사쿠야는 입술을 깨물더니――.

"야, 야한 걸 요구할 거야……?"

"아, 아니다!"

레오니스는 허둥지둥 소리쳤다.

"아, 아니구나……."

사쿠야는 안도한 듯이 한숨을 내쉬었다.

"〈오란〉의 인민과 함께 내 밑에 들어와라, 사쿠야 지클린데."

"나더러, 네 밑에 들어가라고?"

"그렇다. 너를 〈마왕군〉의 객장(客將)으로 맞이해주마."

"너 정도의 실력자라면, 내 힘은 필요 없을 것 같은데."

"그렇게 생각하나? 하지만 나는 네 힘을 높이 사고 있지."

"〈오란〉 사람들도, 말이야——?"

"그래. 전원이 〈마왕군〉의 지배하에 들어와 줘야겠다."

레오니스는 해골 옥좌에 앉아서 의젓하게 고개를 끄덕였다.

"그건, 우리가 〈인류 통합 제국〉의 적이 된다는 거야?"

"뭐, 그렇다고 할 수 있지."

"……."

사쿠야는 입술을 깨물고, 옥좌에 앉은 레오니스를 노려봤다.

그리고——.

"나 혼자만이라면, 좋아. 하지만 〈오란〉 사람들은, 안 돼."

단호한 어조로, 말했다.

"그런가……."

자기만이라면, 부하가 되겠다.

그것은, 본인이 각오한 끝에 내린 결단이리라.

〈마왕〉에게 자기 영혼을 팔아서라도, 이 도시를 지키고 싶다는 건가.

"그럼, 이야기는 이걸로 끝이군."

레오니스는 고개를 저었다.

"마왕!"

"내가 원하는 건 〈오란〉 전체다. 내 조건을 받아들일 수 없다면——."

레오니스는 손을 내밀더니, 손가락을 튕겼다.

"윽, 기, 기다려……. 뭐, 뭐 하는…… 우아앗!"

수많은 그림자 촉수가 사쿠야의 온몸을 휘감더니, 그림자 안으로 끌고 들어갔다.

"뭐, 잘 생각해 봐라. 마음이 바뀌면, 다시 이 성을 찾도록."

첨벙 소리를 내고, 사쿠야의 몸이 그림자 안으로 빠졌다.

〈세븐스 어설트 가든〉 지하의 여러 곳에 있는 〈포탈〉 중 하나로 전이됐을 것이다.

(자아——.)

레오니스는 그림자 안에 있던 브라커스에게 말을 건넸다.

"사쿠야의 이야기, 어떻게 생각하지?"

"〈보이드〉를 가져온 자들 말인가. 참으로 수상하군. 제마인이나 그 네파케스란 꼬맹이를 비롯해, 교활한 음모를 꾸미는 녀석들과 연관이 있을지도 모르겠는걸."

"단순한 테러리스트는 아니겠지. 일전에 왕녀를 납치하려 했던 〈왕랑파〉의 배후에도, 샤르나크인가 하는 수상쩍은 마녀가 있었다."

"그건 그렇고, 매그너스 공은 어쩔 생각이지? 그놈들이 멋대로 설치게 놔둘 건가?"

"그럴 리가 있겠나."

레오니스는 〈마왕〉의 가면을 벗고, 사악한 표정을 지으며 씨익 웃었다.

이 〈세븐스 어설트 가든〉을 공격한다는 건, 〈마왕〉을 공격하는 것과 마찬가지다.

사쿠야가 부탁할 것도 없이, 철저하게 박살을 내줄 생각이다.

"어리석은 인간들, 이 〈언데드 킹〉의 역린을 건드린 것을 후회하게 해주마."

◆

"뜻대로 안 되는군요. 불확정 요소가 있는 게임은 좋아하지 않습니다."

청년 사제는 게임판 위의 말을 옮기면서 그렇게 말했다.

게임판 맞은편에는 아무도 없었다. 그저 종잡을 수 없는 어둠이—— 허무가 있을 뿐이었다.

허무영역의 좌표상에 존재하는, 일곱 색깔의 구체 공간.

은 열쇠의 〈문〉. 온갖 시공에 접한, 최극(最極)의 공허.

——〈차원성〉. 팔마왕 중 한 명, 〈이계의 마왕〉 아즈라 이르의 성에서——.

허무의 사제—— 네파케스 레이저드는 홀로 혼잣말을 중얼거렸다.

같이 게임을 하던 노인은, 얼마 전에 죽고 말았다.

"아무렴 어때요. 같이 게임을 할 상대가 없으니 조금 심심하지만 말이죠."

게임판에서 눈을 뗀 네파케스는 천장을 올려다봤다.

"그건 그렇고, 뜻밖이군요. 〈언데드 킹〉이 이미 소멸했을 줄이야……."

〈여신〉이 예언한 미래에서 이미 일탈하고 말았다.

그 최강의 〈마왕〉을 손에 넣지 못한 것은, 커다란 오산이었다.

육영웅의 〈성녀〉를 이용한 실험은 실패했고, 〈용왕〉 베이라는 소멸했다.

"불확정 인자가, 인과율에 영향을 끼치고 있는 걸까요——?"

네파케스는 자기 자신에게 물었다.

생각해 보니 〈대현자〉 아라키르가 폭주했을 때부터, 예정에서 벗어나기 시작했다.

"〈세븐스 어설트 가든〉—— 역시, 그 인류의 모형 정원에는 뭔가가 있는 걸까요."

리세리아 크리스타리아. 흡혈귀 소녀.

모험 삼아, 〈여신〉의 조각을 심긴 했는데——.

(혹시, 그 배후에 무언가가 있는 걸지도……?)

아무튼, 온갖 가능성을 고려하며 움직일 필요가 있다.

어차피, 세계가 〈여신〉이 예견한 미래로 이어질지라도…….

"이쪽도, 운명에 간섭할 필요가 있겠군요."

"허무에 빠진 샤다르크를, 〈여신〉의 그릇으로 삼을 건가?"

어둠 속에서, 목소리가 들려왔다.

"이게 누구십니까. 기스아크 각하."

네파케스는 미소를 머금으며 대답했다.

육영웅의 〈용신〉은, 기척도 없이 그의 등 뒤에 섰다.

"그는 건드려선 안 된다. 수많은 〈신〉을 삼키고, 〈귀신왕〉 디졸프마저 삼켰지. 그릇으로 삼기엔 너무 불안정해."

"확실히, 그럴지도 모르죠."

“〈여신〉을 멸하기 위해, 허무에 빠진 영웅. 어쩌면 그 〈검성〉이야말로 예언된 운명을 비튼 특이점일지도 모른다고, 나는 생각한다.”

“그렇다면, 틀어진 인과를 장악할 수 있겠군요.”

네파케스는 게임판 위의 말을 손에 쥐고 만지작거렸다.

“오만에 빠지지 마라, 사제. 운명을 자아낼 수 있는 건, 〈여신〉뿐이다.”

“네, 알고 있습니다. 이 모든 것은 여신의 뜻일 테지요.”

사제는 뒤돌아봤지만, 이미 그곳에는 아무도 없었다.

제5장 마왕, 오란을 탐방하다

Demon's Sword Master of Excalibur School

9년 전. 그것은, 하늘에 붉은 별이 나타난 날이었다.

별의 운행에 따르지 않으며 불규칙적으로 나타난 그 별을 제국에서는 불길한 별이라고, 〈오란〉에서는 대흉성(大凶星)이라고 불렀다.

그날, 하늘이 둘로 갈라지며 생겨난 틈새에서 허무가 쏟아져 나왔다.

허무의 백귀야행은 〈오란〉의 왕도를 철저하게 파괴했고, 그곳에서 사는 백성들을 먹어 치웠다.

여섯 살과 열세 살의 소녀다.

불길에 휩싸인 마을 안을, 두 소녀가 뛰고 있다.

눈이 번쩍 뜨일 만큼 푸른 머리카락. 마치 거울에 비친 것처럼, 닮은 자매였다.

"언니…… 세츠라 언니, 사쿠야는, 더 못 뛰겠어요!"

어린 사쿠야는 건물 파편이 널브러진 지면에 주저앉았다.

"일어나. 도망치지 않으면, 저 괴물에게 죽을 거야."

언니가 뒤를 돌아보면서, 사쿠야의 손을 꽉 움켜쥐었다.

"대체 어디로 도망치나요? 아버님도, 어머님도 이미—— 으,

으흑…….”

사쿠야는 건물 파편을 움켜쥔 채, 흐느끼기 시작했다.

“〈오란〉 최강의 〈검귀중〉은 아직 건재할 거야. 아무튼 라이오의 곁으로——.”

——바로 그때, 세츠라는 퍼뜩 고개를 들며 뒤를 돌아봤다.

사쿠야도 덩달아 뒤편을 돌아봤다.

그곳에—— 한 인간이 서 있었다.

황금색 머리카락을 기르고 키가 큰 대장부였다.

왼쪽 눈에 안대를 했고, 롱코트로 몸을 감쌌으며, 손에는 외날의 대검을 쥐고 있었다.

그 겉모습만 봐도, 〈오란〉의 인간이 아니라는 것을 한눈에 알 수 있었다. 애초에 저 남자는 어째서, 이런 지옥 같은 장소에 태연히 서 있는 것일까.

“너희가, 〈쌍신(雙神)〉의 무녀인가.”

“윽?!”

그는 손에 쥔 대검을 가볍게 들어 올리면서, 천천히 다가왔다.

그 몸에서는 흉흉한 독기가 피어올랐다.

사람을 잡아먹는 괴물들과, 같은 기운——.

“사쿠야, 일어나. 하다못해, 너만이라도——.”

세츠라는 양손을 펼치며, 사내를 막아섰다.

“언니……!”

피로 된 꽃이 흩날렸다.

언니의 조그마한 몸이 허공을 가르더니, 지면을 굴렀다.

"아, 아아…… 아아아, 아…… 언니이이이이이이잇!"

건물 파편으로 뒤덮인 바위 지면에, 피 웅덩이가 생겨났다.

뛰어간 사쿠야는 축 늘어져 있는 언니의 손을 잡았다.

"사쿠……야, 안, 돼…… 도망쳐——."

언니의 손에 매달려 울고 있는 사쿠야에게, 커다란 그림자가 드리워졌다.

"〈쌍신〉의 무녀. 〈여신〉의 인자는, 한 명도 살려둘 수 없다."

"윽?!"

사쿠야는 눈물에 젖은 시야로, 그 괴물을 노려봤다.

"너……너는 뭐야! 왜, 왜 언니를……?!"

"허무에게는 이름이 없다. 하지만, 한때는 샤다르크——라고, 불렸지."

외눈의 남자는 냉혹한 어조로 고했다.

"샤다르크…… 그게, 네 이름——."

사쿠야는 그 이름을 저주처럼 읊조렸다.

그것을 안다고 해서 무엇이 달라질까.

이 자리에서, 사람의 형상을 한 이 허무에게, 목숨을 빼앗길 텐데…….

"무녀여, 하다못해 고통스럽지 않게 이 세상을 떠나라."

남자는—— 그 괴물은, 사쿠야의 목을 향해 대검을 휘둘렀다.

◆

"윽, 하아…… 하아…… 하, 아……."

흐레스벨그 기숙사의 자기 방에서, 사쿠야는 눈을 떴다.

속옷이 땀에 흠뻑 젖은 채, 피부에 달라붙어 있었다.

(그날 꿈, 요즘 들어선 꾸지 않았는데…….)

이마에 맺힌 땀을 닦으며 고개를 가볍게 내저은 후, 커튼을 걷었다.

밖은 아직 어둑어둑했다. 이제 서서히 동이 트려 하고 있었다.

침대에서 나온 사쿠야는 거울 앞에 선 다음, 잠옷을 벗기 시작했다.

예전보다 조금은 부푼 가슴을 보면, 자신도 조금은 성장한 것 같았다.

——거울에는 그날, 목숨을 잃은 언니를 쏙 빼닮은 얼굴이 비쳤다.

머리를 기르면, 분간도 안 될 게 틀림없다.

(어떻게, 하지.)

약간 갑갑해진 브래지어를 차며, 작게 탄식을 토했다.

그날 이후로 〈검귀중〉은 접촉해오지 않았다.

에이카에게 아지트를 찾아보라고 지시했지만, 그들의 꼬리를 잡지는 못했다.

물론, 그들의 계획에 동참할 생각은 없다.

그들의 대의가 무엇이든 간에, 이 도시의 시민들을 휘말리게 할 수는 없다.

그날, 〈오란〉을 지키지 못한 〈검귀중〉은 복수귀가 됐다.

(——그건, 나도 마찬가지야.)

사쿠야는 마음속으로 자조했다.

〈보이드〉를 멸하기 위해, 허무의 괴물과 같은 힘을 지녔다.

(가능하면, 설득하고 싶지만…….)

〈검귀중〉은 최강의 〈성검사〉 집단이다. 사쿠야 혼자서 막을 수 있을 리가 없다.

하지만 〈마왕〉을 자칭하는 자의 협력을 얻는 데는 실패했다.

도저히 그 조건을 받아들일 수가 없었다. 사쿠야 혼자라면 괜찮다. 하지만 〈마왕〉이 〈오란〉의 백성조차도 산하로 들어올 것을 바랐기에, 거부할 수밖에 없었다.

(——뭐, 목숨을 빼앗기지 않은 것만으로도 행운이라고 생각해야 할까.)

〈마왕〉이 마음만 먹었다면, 얼마든지 사쿠야를 죽일 수 있었을 것이다.

하지만 그는 사쿠야를 지상으로 돌려보내 줬다.

(의외로, 신사인 걸까? 아니면 다른 속셈이 있는 건가…….)

그런 생각을 하면서, 언니의 유품인 새하얀 전통복을 걸쳤다.

"언니—— 부디, 〈오란〉을 지켜줘."

◆

"하암…………."

아침. 수면을 충분히 취한 레오니스는 졸린 눈을 비비면서 잠에서 깨어났다.

커튼을 걷어서 밖을 보니, 사쿠야가 기숙사 뒤편에서 훈련하는 모습이 보였다.

(자, 슬슬 가 볼까——.)

침대에서 빠져나온 후, 아직 잠들어 있는 리세리아를 깨우지 않도록 조용히 방에서 빠져나갔다.

(그건 그렇고, 어제는 여러모로 실패했어.)

레오니스는 계단을 내려가면서 머리를 감싸 쥐었다.

마왕성에 쳐들어온 사쿠야와의 일을 말하는 게 아니다.

티세라의 생일 파티에 남기고 왔던, 대역이 사고를 쳤다.

사쿠야를 돌려보낸 후에 고아원으로 돌아가 레오니스는 대역을 맡았던 도르오그와 다시 교대했다. 하지만 레오니스가 자리를 비운 한 시간 동안, 〈로그너스 삼용사〉의 영웅께서는 대형 사고를 쳐주었다.

노래로 생일을 축하하겠다고 나선 것으로 모자라, 〈마왕군〉이 전쟁에서 승리했을 때 부르는 〈암흑의 개선가〉를 풀 코러스로 열창했다고 한다.

그것도, 어마어마한 음치면서 말이다.

레오니스는 돌아갔을 때의 미묘한 분위기를 떠올리기만 해도, 죽고 싶을 만큼 부끄러웠다.

“레, 레오, 누구한테나 못하는 게 있는 법이야!”

“마, 맞아요! 소년, 다음에 같이 노래방 가서 연습해요!”

“나, 나는, 레오 오빠가 노래해 줘서…… 기뻤어.”

그런 위로가, 거꾸로 가슴을 헤집어놨다.

참고로 아르레는 요리를 먹은 뒤 바로 행방을 감췄다고 한다.

리세리아 일행에게 붙잡혀서 질문 공세를 당하는 것을 우려한 것이리라.

(그것만은 불행 중 다행인걸.)

레오니스가 〈마왕군〉의 군가를 부르는 모습을 봤다면, 정체가 들통났을지도 모른다.

(으~. 투사 도르오그. 자르스 왕국 공략전에서는 멋진 활약을 선보인 영웅이지만, 네놈에게 수여한 〈철혈사 훈장〉은 박탈하겠다!)

그렇듯 레오니스는 마음속으로 울분을 터뜨렸다.

기숙사 마당에 나가 보니——.

부웅, 부웅—— 하고, 공기를 가르는 소리가 들려왔다.

정수용 바이오 플랜트 아래에서——.

“하아아아아아아앗!”

사쿠야가 〈라이키리마루〉를 뽑아서 휘둘렀다.

몇 차례에 걸쳐 검광이 번뜩이더니, 낙하하던 나뭇잎 몇 장이 지면에 떨어지기 전에 전부 잘려 나갔다.

(참 진부한 훈련을 하고 있군.)

그렇게 생각하며 떨어진 나뭇잎을 살펴봤는데, 동물 형태나 기하학적 모양 혹은 단풍잎 형태로 잘려져 있었다.

(——검술 실력만 본다면 지금의 리세리아는 도저히 미치지 못하겠는걸.)

"누구야?"

사쿠야가 그렇게 물으며 뒤돌아봤다.

"사쿠야 씨, 좋은 아침이에요."

레오니스는 다가가면서 정중히 인사했다.

"소년, 무슨 일 있어? 오늘은 일찍 일어났네."

"네. 사쿠야 씨에게 부탁이 있어서요."

"부탁? 세리아 선배에게 비밀인 거라면——."

사쿠야는 잠시 생각에 잠기더니…….

"혹시, 야한 부탁이야?"

"아니에요."

레오니스는 즉시 대답했다. 욕구를 해소하지 못해서 스트레스가 쌓인 걸까?

"아니구나. 지레짐작이었나 보네."

"지레짐작이 너무 지나쳐요. 실은 티세라—— 고아원의 친구를 데리고 〈오란〉의 축제에 가기로 했어요. 그러니 연장자로서 그 애들을 잘 안내할 수 있도록, 〈올드 타운〉을 미리 둘러보러 갈까 하거든요."

레오니스는 미리 준비해둔 말을 술술 늘어놨다.

물론, 진짜 목적은 〈오란〉이 모시는 신에 관한 정보를 입수하는 것이다.

어쩌면 단서가 될지도 모른다.

게다가 어제 사쿠야가 이야기한 자들을 내버려둘 수는 없다. 〈마왕〉 졸 바디스가 아니라 레오니스의 입장에서, 사쿠야에게 이야기를 들어보는 편이 좋으리라.

"아하, 〈봉신사〉를 보러 오는 거구나. 소년은 처음이겠네."

"네. 사쿠야 씨가 무녀로서 연무를 봉납한다고 들었어요."

"맞아. 소년에게 보여줄 걸 생각하니,. 조금 부끄러운걸——."

사쿠야는 약간 멋쩍은 듯이 볼을 긁적였다.

"응. 그런 거라면 내가 안내해 줄게. 오늘은 저택에 돌아가서 연무 연습을 할 예정이었거든."

◆

그리하여——.

레오니스는 리세리아에게 혼나지 않기 위해, 오전 강의를 들은 후에 외출하기로 했다.

사쿠야는 차량 면허가 없어서, 〈올드 타운〉에는 셔틀버스로 이동했다. 〈제 Ⅱ 에어리어〉의 정류장에서 하차한 후, 거기서부터 걸어갔다.

"그런데, 세리아 선배가 걱정하지 않을까?"

"괜찮아요. 단말에 보호자 기능이 있으니까, 어디 있는지는 파악할 수 있거든요."

"그렇구나. 선배는, 좀 과보호하는 편이라고 생각해."

"저도 같은 생각이에요."

레오니스는 쓴웃음을 머금으며 어깨를 으쓱했다.

『마왕님, 마왕님――.』

바로 그때, 누군가의 목소리가 레오니스의 뇌리에 스며들었다.

어딘가에서 레오니스를 호위하고 있는 셜리의 목소리다.

눈동자만 움직여서 주위를 둘러보니, 빌딩 위에 서 있는 메이드 복장의 소녀가 보였다.

눈에 띄는 장소지만, 기척을 차단하고 있기에 일반인은 발견할 수 없을 것이다.

『왜 그러느냐, 셜리. 무슨 일 있는 것이냐?』

『그게, 조사라면 저한테 맡겨 주셨으면 해서――.』

보아하니, 레오니스가 직접 돌아다니며 조사하는 게 내키지 않는 눈치다.

멀리서 봐도, 귀엽게 볼을 부풀리고 있다는 것을 알 수 있었다.

『네 조사를 가벼이 여기는 건 아니다. 하지만 직접 접해 봐야만 보이는 것도 있는 법이지.』

『그랬군요. 역시나 마왕님.』

셜리는 빌딩 위에서 탄복한 듯이 예를 표했다.

『과자 가게는 자기 취향에 맞는 곳을 직접 찾고 싶다, 같은 거군요.』

"그게 아니야."

레오니스는 무심코 입 밖으로 소리를 내서 딴죽을 날렸다.

"소년, 뭐가 아니라는 거야?"

옆에서 걷던 사쿠야가 어리둥절한 표정을 지으며 돌아보았다.

"아, 아무것도 아니에요."

레오니스는 허둥지둥 얼버무렸다.

그렇게 한동안 걷고, 〈올드 타운〉의 게이트 앞에 도착했다.

문밖과 안은 분위기가 전혀 달랐다.

고층 빌딩이 드문드문 있기는 하지만, 대로변에는 목조 건물이 눈길을 끌었다.

"이 게이트 너머는 〈오란〉의 자치구야."

두 사람은 ID카드를 댄 후, 게이트 안으로 들어갔다.

"이 건물은 〈오란〉에서 가져온 건가요?"

"아니, 이곳에서 새로 지은 거야. 9년 전 〈스탬피드〉 때, 왕도는 완전히 허허벌판이 되어버렸거든. 옮겨온 건, 제전(祭殿)에 모셔둔 돌 뿐이야."

"아, 죄송해요. 무신경한 소리를 했어요——."

사쿠야가 쓸쓸한 듯한 투로 대답하자, 레오니스는 허둥지둥 사과했다.

"아, 신경쓰지 마. 너는 어린애면서 참 눈치가 빠르네."

사쿠야는 재미있다는 듯이 빙긋 웃었다.

"자, 가자. 아, 차량이 꽤 달리고 있으니까, 조심해——."

사쿠야는 레오니스의 손을 잡고 잡아당겼다.

"사, 사쿠야 씨. 손은 안 잡아도 돼요."

"후후, 누나와 손잡는 게 부끄러운 거야?"

"부끄러워요."

레오니스는 볼을 살짝 붉히며 대답했다.

"금방 익숙해질 거야. 자, 가자."

"어, 잠깐만—— 사쿠야 씨!"

◆

"이 대로를 쭉 나아가면 〈제전〉이 있어."

레오니스는 자기 손을 잡아당기는 사쿠야를 뒤따르며 걸었다.

처음에는 부끄러웠지만, 그녀의 말처럼 금방 익숙해졌다. 생각해 보니 차량이 자주 오가는 길에서 누나가 열 살 동생의 손을 잡고 걷는 건 자연스러운 일이다.

(내가 너무 의식하는 걸까?)

사쿠야는 남을 신경 쓰지 않는 듯한 이미지가 있지만, 지금은 레오니스의 보폭과 속도에 맞춰 걷고 있다. 이제까지 몰랐던, 누나다운 일면이다.

"사람이 꽤 많군요."

레오니스는 주위를 두리번거리면서 물었다.

일전에 방약무인한 드래곤 마왕을 안내했던 〈센트럴 가든〉의 오락 에어리어만큼은 아니지만, 꽤나 사람들로 붐비고 있었다.

〈성검학원〉의 교복을 입은 학생의 모습도 꽤 자주 보였다.

"응. 여기는 〈센트럴 가든〉보다 차분한 분위기에, 세련된 잡화점이나 유명한 디저트 가게가 많아서 의외로 인기가 있어."

"그렇군요."

그러니 셜리가 요즘 들어 이곳의 조사 보고만 하는 것이다.

그리고 한동안 걷다 보니, 의외인 점을 하나 더 발견했다.

"사쿠야 씨 같은 복장을 한 사람은 그다지 안 보이네요."

길가에 있는 가게 사람들은 전통복을 입고 있지만, 길을 가는 이 중에는 전통복을 입은 이가 많지 않았다.

"뭐, 여기 사람들도 평소에는 중앙에서 일을 하거든."

하긴 그렇겠구나, 하면서 레오니스는 납득했다.

한동안 길을 따라 걷다 보니, 분수가 있는 커다란 원형 광장에 도착했다.

샘 앞에는 늑대 모양 석상이 세워져 있었다.

(가고일인가?)

그렇게 생각했지만, 마력이 느껴지지 않는 것을 보면 평범한 석상 같았다.

"늑대는 〈오란〉의 수호수로 신봉되고 있어."

레오니스의 시선을 눈치챈 사쿠야가 가르쳐줬다.

"제전 같은 곳에는 대부분 두 마리 늑대 석상이 놓여 있을 정도야."

사쿠야는 늑대 석상의 머리를 쓰다듬었다.

"검둥복슬이를 닮은 것 같지 않아?"

"아, 네……."

솔직히 말해서 별로 닮지 않았지만, 대충 맞장구를 쳤다.

"그런데, 왜 복슬이인가요?"

"폭신폭신한 건, 대부분 복슬이라고 불러."

어째선지 사쿠야는 검지를 세우며 그렇게 말했다.

"스펀지는요?"

"복슬이야."

"깃털 베개는요?"

"복슬이지!"

"……."

레오니스는 깊이 생각하는 것을 관뒀다.

"그런데 소년은 배고프지 않아?"

"으음, 조금 고프네요."

아침은 먹었지만, 꽤 걸은 탓인지 슬슬 배가 고팠다.

정말 불편한 육체다.

"점심을 먹긴 조금 이르네. 저 가게에서 간식을 사 올게."

"네. 세리아 씨에게는 비밀로 해주세요."

밥 먹기 전에 간식을 먹었다는 걸 들키면 혼난다.

"알았어. 비밀로 해줄게."

사쿠야는 한쪽 눈을 감으며 검지를 입술에 댔다.

레오니스와 사쿠야는 광장 앞에 있는 과자 가게에서 붕어빵을 샀다.

붕어빵은 셜리가 요즘 좋아하는 먹거리라서, 자주 레오니스에게 선물로 헌상했다.

"이 물고기 모양을 한 간식은 〈오란〉에서 탄생한 거야."

광장의 벤치에 앉은 사쿠야가 붕어빵을 손가락으로 쪼갰다. 그리고 머리 부분을 레오니스에게 내밀었다.

"어?"

레오니스가 어리둥절한 표정을 짓자…….

"네 초콜릿 맛과 내 커스터드 맛을, 반씩 교환하지 않을래?"

"아, 좋아요."

레오니스는 붕어빵을 반으로 쪼개더니, 머리 부분을 사쿠야에게 내밀었다.

"후후, 한번 해보고 싶었어. 혼자서는 이런 걸 못 하잖아."

사쿠야는 머리 부분과 꼬리 부분을 합쳐서 붕어빵 형태로 만들었다.

"사쿠야 씨, 어린애 같아요."

레오니스는 무심코 쓴웃음을 머금으면서 바삭한 붕어빵을 한 입 베어 물었다.

달콤한 커스터드 크림이 그대로 흘러나왔다.

"부우, 그러는 소년도 어린애잖아."

사쿠야는 레오니스의 볼에 묻은 크림을 손가락으로 훑더니, 날름 핥아먹었다.

"으~!"

"어? 소년, 왜 그래?"

레오니스가 얼굴을 새빨갛게 붉히자, 사쿠야는 영문을 모르겠다는 듯이 고개를 갸웃거렸다.

이런 짓을 의도하지 않고 하는 점이, 남을 놀리는 걸 즐기는 레

기나와 다른 점이다.

"그러고 보니, 사쿠야 씨는 〈오란〉의 공주님……이죠?"

레오니스가 궁금했던 점을 물었다.

"뭐, 지금은 공주님이 아니지만 말이야."

사쿠야는 어깨를 으쓱했다.

"여기 사람들도 사쿠야 씨를 평범하게 대하네요."

길을 가는 사람들이 말을 걸어오지도 않았고, 붕어빵 가게의 점원 또한 딱히 사쿠야를 왕족으로 특별히 여기지 않았다.

신분제도가 철저했던 1000년 전에는 생각도 못 할 일이다.

"아, 옛날 가신들은 아직 나를 공주님이라고 불러. 하지만 이 〈세븐스 어설트 가든〉에서 〈성검학원〉의 학생이 되면, 옛 국가의 신분 같은 건 상관없어지거든. 다들 인류의 적인 〈보이드〉와 싸우는 기사가 되니까 말이지."

사쿠야는 시원시원한 표정으로 그렇게 대답했다.

(오호라, 그런 건가.)

——생각해보면…….

왕가의 피를 이어받았다는 것을 숨기는 레기나는 그렇다 쳐도, 리세리아는 크리스타리아의 공작 영애이며, 엘피네도 제도에 있는 거대 재벌의 영애라고 한다.

하지만 학교에서는 일개 학생으로 대한다. 뮤젤 자작 같은 바보를 제외하면, 〈성검학원〉의 모든 학생은 출신 신분을 신경 쓰지 않는다.

레기나가 리세리아 아가씨라 부르는 건, 어디까지나 개인적으로 맺은 주종 사이의 유대에서 비롯된 호칭이다.

"그러니 내가 옛 왕가의 성이 아니라 제국에서 준 성인 지클린데를 쓰는 건, 〈성검학원〉의 기사로 다시 태어났다는 결의 표명이기도 해."

그렇게 말한 사쿠야는 화창하고 푸른 하늘을 올려다봤다.

제6장 쌍신(雙神)

Demon's Sword Master of Excalibur School

도시 내 운하를 건너는 다리를 건너자, 이번에는 한적한 장소가 눈앞에 펼쳐졌다.

길 끝에는 인공수목으로 된 울창한 숲이 보였다.

"〈봉신사〉의 제단은 저 숲에 있어."

"저기──."

"왜?"

"〈오란〉의 수호신은 진짜로 있나요?"

어린애의 순진한 질문 같은 느낌으로, 레오니스는 물었다.

단순한 전설인가. 아니면, 진짜로 신이 봉인되어 있는 건가.

그것은 레오니스에게 중요한 점이다. 꼭 확인해야 한다.

사쿠야는, 잠시 침묵에 잠겼다.

무례한 질문을 받고, 기분이 상한 거라고 생각했지만…….

"〈오란〉의 수호신은, 존재해."

그녀는 눈앞에 펼쳐진 숲을 쳐다보며, 대답했다.

"〈풍신귀(風神鬼)〉와 〈뇌신귀(雷神鬼)〉. 〈오란〉은 이 두 명의 신이 지켜 왔어."

"두 명의 신? 〈오란〉의 신은 둘인가요?"

"응. 지금은 하나로 줄었지만 말이야."

"네——?"

레오니스는 의아한 목소리로 대꾸했을 때——.

사쿠야가 갑자기 멈춰 섰다.

그곳은 어엿한 대문을 지닌 커다란 저택 앞이었다.

"여기는……."

"내가 신세를 지고 있는, 라이오의 저택이야."

마력을 이용한 생체 인증을 마친 후, 안으로 들어갔다.

저택 부지 안에는 광대한 정원이 펼쳐져 있었다.

잘 손질된 정원수가 심겨 있었으며, 커다란 연못도 보였다.

적층 건조물인 〈센트럴 가든〉에는 존재하지 않는 건물이다.

레오니스가 감탄하며 둘러보고 있을 때…….

"사쿠야 님, 기다리고 있었습니다."

저택 안에서 왜소한 체구의 노인 한 명이 모습을 드러냈다.

(호오——.)

레오니스는 흥미롭다는 듯이 그 노인을 관찰했다.

언뜻 보기에는 평범한 노인 같지만, 레오니스는 알 수 있다.

(이 사람은, 무예의 달인인걸.)

저 말라비틀어진 나무 같은 팔로, 인간을 간단히 죽일 것이다.

전사보다, 암살자에 적성이 있는 타입이다.

(저 노인의 시체로는 질 좋은 〈스켈레톤 어새신〉을 만들 수 있겠군.)

레오니스는 마음속으로 무례한 생각을 했다.

"미안해. 좀 늦었어. 얘한테 〈올드 타운〉을 안내해 줬거든."
노인은 레오니스 쪽을 쳐다보더니…….
"사쿠야 님, 옆에 있는 소년은——."
"레오니스라고 해. 나와 같은 소대의 동료야."
"아, 그렇습니까. 이야기라면 익히 들었습니다."
"사쿠야 씨에게 항상 신세 지고 있어요."
레오니스는 예의 바르게 고개를 숙였다.
"자, 안으로 드시죠. 차를 내오겠습니다."

◆

저택 안으로 안내된 레오니스는 정원이 보이는 툇마루에 앉았다.
〈성검학원〉의 부지 안에도 정원은 있지만, 이곳과는 분위기가 매우 달랐다. 잃어버린 고국의 경치를, 이 정원에 표현한 것 같았다.
"〈세븐스 어설트 가든〉의 가로수는 오염수 정화 기능을 갖춘 유틸리티 플랜츠지만, 이 정원의 나무는 〈오란〉의 수목을 가져온 거야."
레오니스 뒤에 있는 사쿠야가 정원의 나무 한 그루를 손가락으로 가리켰다.
"원래는 봄이 되면 아름다운 꽃이 피는데, 강습 타입인 〈세븐스 어설트 가든〉은 항상 각지를 전전하잖아. 그래서 꽃이 피는 타이밍이 일정하지 않아."

"그렇군요."

"언니는 항상 벚꽃이 피는 걸 고대했어."

사쿠야는 그윽한 눈길을 머금으며 그렇게 중얼거렸다.

"……."

사쿠야의 언니는 〈오란〉이 멸망한 날에 목숨을 잃었다.

교복 안에 입은 흰색 전통복은 언니의 유품이라고 한다.

바람이 불자, 정원의 나뭇잎이 흔들리며 소리를 냈다.

그리고 정원 안쪽에 있는 연못에서, 큰 파문이 일더니――.

첨버어어어엉――!

갑자기, 검은 물체가 수면에서 튀어나왔다.

"아니?!"

레오니스는 무심코 소리를 냈지만, 사쿠야는 딱히 놀라지 않았다.

"아, 복슬이도 와 있었구나."

그녀는 기쁘다는 듯이 미소를 머금었다.

물에 흠뻑 젖은 검은 늑대가 연못에서 나오더니, 커다란 몸을 흔들며 사방으로 물을 튀겼다.

그리고, 툇마루에 있는 레오니스와 시선을 마주했다.

『오오, 매그너스 공.』

『여기서 뭐 하는 거냐, 브라커스.』

레오니스가 〈염화〉로 물었다.

『목욕하고 있는 거다. 학교 야외 수영장에서 헤엄을 치니, 사람들이 놀라서 말이지.』

『그건, 그렇겠지.』

『일전에는 신고를 당해 잡혀갈 뻔도 했지.』

『그, 그랬군. 고생이 많은걸.』

브라커스는 학교 내 수렵 동호회의 표적이 되고 있다.

학생으로 등록된 레오니스나 인간 모습인 셜리와 달리, 브라커스는 대외적으로 활동하면 주목받고 만다. 물론 인간 모습으로 변신하는 마술이 있기는 하지만, 브라커스는 사정이 있어 그럴 수가 없다.

"복슬이는 이 저택에 자주 놀러 와. 마음 같아서는 저택에서 기르고 싶지만, 라이오 말로는 이 짐승은 기를 수 없대――."

"그랬군요."

브라커스는 긍지 높은 〈그림자 왕국〉의 왕자다. 누구도 그를 길들일 수 없다.

레오니스의 관계 또한 어디까지나 우의로 맺어진 객장이며, 결코 수하가 아니다.

이 고결한 왕족은, 벚나무 아래에 기분 좋은 듯이 드러누웠다.

"차를 내왔습니다."

바로 그때, 라이오가 다과가 놓인 쟁반을 들고 돌아왔다.

"감사합니다."

"그럼 나는 연무 연습을 하고 올게."

사쿠야가 자리에서 일어났다.

애초에 연무를 하러 이곳에 온 것이다.

"저녁 때 이 저택에 돌아올 건데, 만약 혼자 돌아갈 거면 버스를 이용해. 소년은 혼자서 버스를 탈 수 있지?"

"네, 괜찮아요. 신경 써줘서 고마워요."

"뭘, 나도 소년과 데이트해서 즐거웠어. 아직 안내 못 해준 곳도 있으니까, 다음에 좀 느긋할 때 또 둘러보자."

◆

——사쿠야가 사라진 후…….

"〈오란〉의 경치는 어떻습니까."

라이오는 레오니스의 옆에 앉더니, 천천히 차를 홀짝였다.

"정말 흥미로워요. 축제가 벌써부터 기대돼요."

"그렇다면 다행이군요."

라이오는 정원에서 몸을 웅크리고 있는 검은 늑대를 쳐다보며 말했다.

"사쿠야 님께서는 조금 변하셨습니다."

"그런가요?"

"네. 이곳에 처음 왔을 때만 해도 얼음처럼 마음을 닫고 계셨지요."

레오니스는 당시의 사쿠야를 모른다.

하지만 그 마음을 녹인 사람이 있다면——.

(리세리아, 겠지.)

레오니스가 마음속으로 그렇게 중얼거린 후…….

"저기, 물어볼 게 있는데요."

다 마신 찻잔을 툇마루 바닥에 내려놨다.

〈오란〉의 옛 왕가를 모신 가신이라면, 알고 있는 게 있으리라.

"무엇이지요?"

"〈오란〉의 수호신은, 어떤 신인가요?"

"흠, 흥미가 있으신가 보군요."

"사쿠야 씨가 이야기해 줬거든요. ――〈오란〉에는 두 신이 있다고요."

"네, 그렇습니다."

라이오는 뒤쪽을 돌아보더니, 건물을 지탱하는 기둥을 손가락으로 가리켰다.

"저기 새겨진 것이, 〈풍신귀〉와 〈뇌신귀〉입니다."

"저것이……?"

조각된 것은 구름 위에서 서로를 노려보는 두 거인이었다.

"그 이름대로 〈뇌신귀〉는 번개를, 〈풍신귀〉는 폭풍을 일으킵니다. 〈오란〉이 위기에 처했을 때, 그 힘으로써 국가를 지키지요."

"그럼, 그 신들은 실제로 존재하는 거네요."

"물론입니다. 〈오란〉의 신은, 전설 속 존재가 아닙니다."

라이오는 고개를 가로저었다.

"저는 쌍신께서 〈보이드〉와 싸우는 모습을, 두 눈으로 목격했지요."

――9년 전. 〈보이드〉의 〈스탬피드〉가 〈오란〉을 덮쳤을 때.

왕가는 허무의 군세에 대항하기 위해, 두 신의 봉인을 풀었다.

〈뇌신귀〉와 〈풍신귀〉는 그 엄청난 힘으로 무수한 허무를 해치웠고, 〈오란〉은 구원받는 것처럼 보였다――.

"하지만 실낱같은 희망이 보인 그때, 그것이 나타났습니다."

〈스탬피드〉를 일으킨―― 〈통솔체〉.

허공에서 나타난 〈보이드 로드〉는, 겨우 몇 분 만에 두 신을 격파했다.

그리고 〈풍신귀〉를 먹어치워서, 흡수한 것이다.

"신을, 먹었다고요?"

레오니스는 깜짝 놀라며 되물었다.

"그렇습니다. 그것은―― 신을 자기 몸에 흡수했지요."

폭풍의 신과 융합한 〈보이드 로드〉는, 그 권능마저 손에 넣었다.

그리고, 〈오란〉은 허무에 유린당한 끝에――.

300년의 역사에 종지부가 찍힌 것이다.

(오호라.)

레오니스는 방금 들은 이야기를 통해, 〈오란〉의 신의 정체를 추측했다.

(그 신들은, 아마―― 〈아신〉이겠지.)

――〈아신〉이란, 〈루미너스 파워즈〉가 창조한 종속신이다.

진정한 신에게는 미치지 못하지만, 엄청난 힘과 권능을 휘두를 수 있다.

〈마왕군〉 또한 〈아신〉 때문에 골머리를 썩였다.

하지만 풀리지 않는 의문이 있었다.

그 〈풍신귀〉가 〈보이드 로드〉에게 먹혔다면——.

"다른 신은, 어떻게 됐나요?"

그렇게 묻자, 라이오는 고개를 끄덕이며 말했다.

"〈보이드 로드〉가 〈풍신귀〉를 흡수하는 사이, 깊은 상처를 입은 〈뇌신귀〉를 세츠라 님이 봉인했습니다. 수호신인 〈뇌신귀〉를 잃으면, 〈오란〉은 진정한 의미에서 멸망한다고—— 그렇게 생각하신 거겠지요."

"올바른 판단이라고 생각해요."

〈마왕군〉이 멸망시킨 나라 중에는 멸망을 피할 수 없다는 것을 알면서도 왕이 철저 항전을 부르짖으며 끝까지 저항한 나라가 몇 곳이나 있지만, 어리석은 짓이다.

설령 지금은 패배할지라도, 희망이 남아 있다면 재기할 수도 있다.

로제리아가 그 영혼을 1000년 후에 남긴 것처럼.

"수호신을 잃은 〈오란〉은 멸망했습니다. 백귀야행의 군세는 수많은 요새를 파괴하고, 왕도까지 진군해서 조국을 유린했지요. 왕도에는 〈검귀중〉으로 불리는 〈성검〉 사용자 집단도 있었습니다만, 압도적인 숫자를 감당하지 못하고 패배했습니다. 그리고, 사쿠야 님의 언니분이신 세츠라 님도—— 지키지 못했지요."

노인의 얼굴에 회한 어린 주름이 새겨졌다.

소중한 것을 지키지 못한 그 마음을, 레오니스도 이해할 수 있었다.
하지만 레오니스가 지금 그런 말을 해도 소용없을 것이다.
"그리고, 〈오란〉의 쌍신은 〈뇌신귀〉만이 남았습니다."
라이오는 조용히 이야기를 마쳤다.
정원의 나무가 바람에 흔들리며 술렁였다.
"그럼, 남은 수호신은 지금도 〈오란〉이 있던 곳에 있나요?"
"아뇨, 그렇지 않습니다."
레오니스가 묻자, 라이오는 고개를 저으며 아래편을 손가락으로 가리켰다.
"네?"
그것이 의미하는 바를 몰라서 눈썹을 찌푸리자…….
"〈오란〉의 수호신은, 이 〈세븐스 어설트 가든〉에 봉인되어 있습니다."
라이오는 뜻밖의 말을 입에 담았다.

◆

저택을 나선 사쿠야는 이설된 진수(鎭守)의 숲에 있는 제전으로 향했다.
그 발걸음은 평소보다 가벼웠다. 요즘 들어 마음이 계속 무거웠지만, 레오니스와의 데이트가 기분전환이 된 것이다.
(잠깐이지만, 즐거웠어.)
익숙한 〈올드 타운〉의 풍경도, 그와 함께 돌아보니 약간 다르게 보였다.

(다음에는 맛있는 디저트 가게에 데려갈까. 아, 데려가려면 세리아 선배에게 허가를 받을 필요가 있을지도 모르겠네, 엄청 과보호하니까…….)

속으로 쓴웃음을 머금으면서, 나무가 우거진 제전의 부지 안으로 발을 들였다.

바로 그때——.

『——사쿠야 님.』

"?!"

숲속에서, 갑자기 기척이 생겼다.

사쿠야는 걸음을 멈추더니, 수풀 너머를 향해 날카로운 눈빛을 보냈다.

모습은 보이지 않는다. 하지만 상대가 누구인지는 바로 알 수 있었다.

(〈검귀중〉…….)

기척을 찾았다. 다섯, 여섯—— 어쩌면, 그보다 더 많을까.

"무녀의 성역에 발을 들이는 건, 천벌 받을 짓이야."

『무례한 짓인 것을 알고 있습니다. 하지만 여기서라면, 훼방을 받지 않을 것입니다.』

어둠이 형태를 이루더니, 눈앞에 드러났다.

보이드 전투용의 시꺼먼 프로텍트 수트.

일전에 찾아왔던 남자와 다르게, 변성기는 쓰지 않았다.

그 목소리는 귀에 익었다.

"우잔, 이구나. 어릴 적에는 나와 자주 놀아줬잖아."

"오래간만에 뵙습니다, 사쿠야 님."

남자는 공손히 한쪽 무릎을 꿇으며, 신하의 예를 표했다.

하지만, 사쿠야는 날카로운 눈길을 머금더니…….

"〈마검〉의 기운, 좀 감추는 편이 좋지 않겠어?"

날카로운 어조로 말했다.

"너희한테서는 허무의 기운이 느껴져."

우잔의 배후에서, 술렁이는 기척이 느껴졌다.

"〈마검〉의 힘, 알고 계셨습니까."

"어디서 손에 넣은 거야? 그 힘을 쓰면 허무에게 좀먹힌다는 건, 알고 있는 거지?"

"물론입니다, 사쿠야 님."

그는 즉시 대답했다.

"그, 그걸 알면서, 왜——!"

"복수를 위해, 저희의 숙원을 위해, 이 저주받은 힘이 필요했습니다."

"큭, 복수——."

사쿠야는 숨을 삼켰다.

"너희는, 여기서, 무슨 일을 벌이려는 거지?"

"저희의 최종 목적……."

"뭐?"

"9년 전, 〈오란〉을 멸망시킨 그 보이드 로드를, 이 땅에 부를 겁니다."

"뭐, 뭐……라고?!"

◆

"〈오란〉의 신이, 〈세븐스 어설트 가든〉에 봉인되어 있다고요?"

레오니스는 깜짝 놀란 표정을 지으며 되물었다.

"놀라는 것도 당연합니다. 하오나, 사실이지요."

"……."

1000년 전, 레오니스는 수많은 신과 싸웠다. 이 메가 플로트는 광대하지만, 봉인된 신의 기운은 전혀 느껴지지 않았다.

(그런 게 봉인되어 있다면, 나나 브라커스가 눈치 못 챌 리가 없어. 아니지, 완전한 불활성 상태라면 그럴 수도 있을까? 하지만——.)

——바로 그때, 어떤 생각이 레오니스의 뇌리를 스쳤다.

(서, 설마?!)

——딱 하나, 짚이는 데가 있었다.

레오니스가 아는 과거에는 존재하지 않았던, 초고밀도 마력 덩어리. 백만 명 이상의 인구를 보유한 이 기동 도시의 모든 기능을 감당할 정도의, 막대한 마력을 자아내는 것.

"〈마력로〉!"

"그렇습니다."

라이오는 고개를 끄덕였다.

"〈인류 통합 제국〉은 황폐해진 〈오란〉의 땅에 남겨진 〈뇌신귀〉를 발굴 및 회수해서, 이곳 〈세븐스 어설트 가든〉의 심장인 〈마력로〉에 집어넣었습니다."

(그, 그래. 이 도시는―― 신의 힘을 동력원으로 삼은 건가.)

그것은 1000년 전만 해도 생각조차 못 했던 일이다.

상위 존재인 신을, 인류가 동력원으로 이용하다니――.

하지만 그렇다면, 이제까지 레오니스가 느꼈던 의문에도 답이 나온다.

어째서 그렇게 거대한 〈마력 결정〉이 존재하는 것인가.

대현자 아라키르 데그라지오스, 그리고 성녀 티아레스 리자렉티아는 어째서 〈마력로〉를 흡수 및 융합하려 한 것인가.

――〈육영웅〉은 〈마력로〉가 아니라, 신을 흡수하려 한 것이라면…….

(인류의 죄업을, 얕본 것 같군.)

이 〈세븐스 어설트 가든〉만이 아닐 것이다.

다른 전술도시의 〈마력로〉도, 태고의 신들을 동력원으로 삼고 있으리라.

(그리고 신들의 힘을 이용하면서도, 그 존재를 기록에서 말소한 것인가――.)

그제야, 레오니스는 고개를 들면서 라이오에게 물었다.

"저기, 사쿠야 씨는―― 〈오란〉 사람들은, 그것에 납득한 건가요?"

"어떤 형태로든 쌍신 중 한쪽이 〈오란〉의 사람들을 지켜주는 것에, 변함은 없으니까요——.”

라이오는 고개를 끄덕이며 말을 이었다.

“게다가, 이 사실은 극히 일부의 사람만 압니다. 군 상층부, 그리고 〈오란〉 왕가의 관계자이지요. 그리고 방금 귀하가 알게 됐습니다.”

“큭!”

실제로 레오니스는 이제까지 이런 정보를 입수하지 못했다.

“왜, 그런 기밀을 저에게……?”

“이래 봬도, 사람 보는 눈은 있는 편이지요.”

라이오는 미소를 머금더니, 레오니스의 눈을 들여다봤다.

“귀하가 앞으로 사쿠야 님과 함께 걸어 주리란, 그런 예감이 들었습니다.”

(이런이런. 사람 보는 눈이 있다고? 이 남자, 눈이 삐었군.)

레오니스는 마음속으로 어깨를 으쓱했다.

(나는 인류의 적인 〈마왕〉이라고——.)

——바로 그때였다.

정원에 누워 있던 브라커스가 갑자기 귀를 쫑긋 세우며 몸을 일으켰다.

『브라커스, 왜 그러지?』

레오니스가 염화로 묻자…….

『그 소녀의 주위에, 묘한 기척이 나타난 것 같군.』

“뭐?”

◆

“〈보이드 로드〉를, 이 땅에 부르겠다고?”

사쿠야는 푸른 눈을 치켜떴다.

“설마, 이곳에 〈스탬피드〉를 일으키려는 거야?!”

“그렇습니다, 사쿠야 님.”

우잔이 즉시 대답했다.

“저희의 원수, 샤다르크 보이드 로드를 이 땅에 부른 후, 〈검귀중〉의 정예 총 서른일곱 명이 놈을 처단할 것입니다——.”

“…….”

한 치의 망설임도 섞이지 않은, 그 신념에 찬 목소리를 들은 사쿠야는 말문이 막히고 말았다.

“그, 그런 짓을, 어떻게——.”

“이 도시의 〈마력로〉에 잠들어 있는 쌍신 중 남은 한쪽, 〈뇌신귀〉의 봉인을 풀 겁니다.”

“뭐, 라……고?”

이제까지 냉정했던 우잔의 목소리에 희미하게 열기가 어렸다.

“사쿠야 님도 알고 계시다시피, 그 보이드 로드는 〈풍신귀〉를 흡수해서 그 힘을 자기 것으로 삼았습니다. 하지만 〈오란〉의 신은 둘이며 하나인 쌍신. 남은 한쪽이 해방된 것을 감지하면, 놈은 반드시 남은 신을 흡수하기 위해 나타날 테지요——.”

“…….”

사쿠야는 아연실색한 채, 멍하니 서 있었다.

(〈뇌신귀〉를 미끼 삼아, 보이드 로드를 여기로 유인해? 그리고, 해치운다는 거야?)

이 남자는, 대체 무슨 소리를 하는 것일까?

도저히 제정신으로 보이지 않았다.

계획, 이라고 할 수 있는 내용이 아니었다── 이것은 그저, 죽을 장소를 찾는 것에 지나지 않는다.

수라의 길에 빠져서 〈보이드〉를 사냥하는 사이, 광기에 물들고 만 것일까.

아니다. 그들은 분명, 그날부터 쭉──.

"그 보이드 로드를, 해치울 수 있다고 생각해?"

그제야, 사쿠야는 목소리를 쥐어 짜냈다.

"그걸 위해, 허무의 힘을 얻은 겁니다."

우잔은 프로텍트 수트에 감싸인 주먹을 말아쥐었다.

"샤다르크 보이드 로드가 해방된 〈뇌신귀〉와 싸워서, 피폐해진 틈을 노려 단숨에 공격할 겁니다. 도움이 될지는 모르지만, 보이드 로드의 출현에 의해 〈스탬피드〉가 발생한다면 이 도시의 〈성검사〉도 전열에 참가할 수밖에 없겠지요."

"복수를 위해, 이 도시 사람들을 휘말리게 하겠다는 거야?!"

사쿠야가 격앙된 목소리로 외쳤다.

"〈세븐스 어설트 가든〉은, 허무를 멸하기 위해 희생되는 것입니다."

"큭, 우잔!"

사쿠야는 고함을 지르면서 〈라이키리마루〉를 현현시켰다.

사쿠야도 이 〈검귀중〉과 마찬가지로, 복수를 위해 살아왔다.

하지만――.

(――수라가 될지언정, 악귀가 될 생각은 없어!)

움켜쥔 〈성검〉의 칼날에, 청백색 뇌광이 휘감겼다.

"〈뇌신귀〉를 해방할 수 있는 건, 미즈카가미 왕가의 무녀인 나뿐이야. 내가 그런 계획에 동참할 거라고 생각해?"

"그건 유감입니다만, 계획은 변경되지 않습니다. 저희에게는 이미 무녀님이 계시니까요."

"뭐?"

사쿠야가 미간을 찌푸리며 물었지만, 우잔은 대답 대신 이렇게 말했다.

"〈성검〉을 뽑았다――. 즉, 교섭은 결렬됐다고 봐야겠군요."

"그래. 나는 너희에게 가담할 생각이 없어!"

사쿠야는 쇄도하면서 검을 휘둘렀다.

――하지만 그 일격은, 우잔의 등에서 나타난 세 번째 팔에 막혔다.

"아니?!"

경악한 사쿠야는 눈을 치켜떴다.

"읏, 설마, 그 정도까지 허무에 좀먹히다니……!"

"강해지셨군요, 사쿠야 님. 하오나――."

헬멧 안에서, 붉은 눈동자가 빛났다.

"세츠라 님께서는 한참 못 미치십니다――."

"언……니……?"

바로 그때, 네 번째 팔이 생겨나서 사쿠야의 목을 움켜쥐었다.

"커……억……!"

뿌드득 하는 소리를 내며, 괴물의 팔이 사쿠야의 목에 파고들었다.

죽은 언니의 이름을 입에 담은 건, 동요를 노린 걸까?

긍지 높은 〈오란〉 최강 검사가, 그런 짓을 할 정도로 타락한 건가——.

"이……게——."

숨을 쉴 수 없다. 의식이 몽롱해졌다.

움켜쥔 〈라이키리마루〉가, 허공에 사라졌——.

"씨…… 사쿠야 씨?!"

바로 그때, 귀에 익은 목소리가 멀리서 들려왔다.

"소, 소년…… 오면, 안…… 돼……."

사쿠야가 필사적으로 목소리를 쥐어 짜냈지만, 가녀린 흐느낌 같은 소리만 흘러나왔다.

"발각된 것 같군. 우잔 공, 큰일을 앞두고 있는 만큼 〈마검〉의 힘을 억누르도록."

"그래. 알았다."

목을 쥔 팔에서 힘이 빠지더니, 사쿠야의 몸이 지면을 향해 내던져졌다.

"크, 으……."

"사쿠야 님. 당신도, 계획에 동참해 주시길 바랐습니다."

그는 쓰러진 사쿠야를 내려다보며 그렇게 중얼거린 후, 뒤돌아서서 어둠 속으로 사라졌다.

"기, 다……려……."

의식이 몽롱해지는 가운데, 다가오고 있는 레오니스의 목소리가 들려왔다.

제7장 봉신사(封神祀)

Demon's Sword Master of Excalibur School

소년이 그 남자와 만난 곳은, 빈민가의 뒷골목이었다.

"고아인가——."

"어?"

누더기 같은 낡은 옷을 걸친 채, 진흙탕 속에서 몸을 웅크리고 있던 소년이 고개를 들었다.

아름다운 금발을 지닌 잘생긴 남자가 흥미롭다는 듯이 소년의 얼굴을 들여다보고 있었다.

백은색으로 빛나는 갑옷. 순백색 망토. 허리에는 금으로 장식된 검을 차고 있었다.

"기사님?"

소년은 허둥지둥 몸가짐을 바로 하더니, 그 자리에서 넙죽 엎드렸다.

〈로그너스 왕국〉에서 기사는 신분이 높다. 부랑아가 무례를 범한다면, 그 자리에서 베어 죽일 수도 있는 것이다.

왜 이 단정한 기사가 자신에게 말을 거는 것일까……?

소년은 그 이유를 알 수 없었다.

"영혼의 색깔이 희귀하구나. 나와 같은, 영웅의 색깔이야."

"네?"

그 기사는, 불가사의한 말을 입에 담았다.

"아, 나는 영혼의 색깔이 보인단다. 유니크 스킬이란 거지."

"영혼의, 색깔……?"

그 남자는 어리둥절한 표정을 지은 소년의 어깨에 손을 얹더니…….

"가족은 있니?"

"없어요. 형도, 누나도, 전쟁으로 죽었어요."

"그래. 미안하구나. 우리 왕국 기사의 힘이 부족해서 그렇게 된 거란다."

"아, 아뇨, 그렇지 않아요……!"

소년은 고개를 들었다. 남자의 푸른 눈은 소년의 모든 것을—— 그야말로, 영혼 속까지 보는 느낌이 들었다.

"너는, 몇 살이니?"

"다섯…… 아니…… 아마, 여섯 살이에요."

"검을 쥐어 본 적은 있어?"

소년은 고개를 저었다. 진짜 검은 만져본 적도 없다.

"잘됐구나. 나쁜 버릇이 있으면, 좋지 않거든."

남자는 만족한 듯이 고개를 끄덕이더니, 몸을 일으켰다.

"저기……?"

소년이 영문을 모르겠다는 표정을 짓자, 남자는 손을 내밀면서 마지막 질문을 던졌다.

"너는——〈영웅〉이 되고 싶니?"

◆

띠리리리리리리리리링……!

"으~ 누가 마왕의 잠을 방해하는 것이냐!"

잠이 덜 깬 레오니스는 시끄럽게 울고 있는 단말을 벽에 냅다 집어던졌다.

단말은 기숙사의 벽에 부딪혀서 튕겨나더니, 바닥에 떨어졌다.

"……."

레오니스는 관자놀이를 누르면서 탄식했다.

창밖을 보니, 해 질 녘이 가까웠다.

사쿠야에게 〈올드 타운〉 안내를 받은 날로부터 이틀 후. 〈봉신사〉 당일이다.

학교는 휴교일이기에, 아침에 리세리아를 훈련시킨 후에 낮잠을 잤다.

레오니스는 흐트러진 머리카락을 손가락으로 빗어넘기면서 상반신을 침대에서 일으켰다.

(——나쁜 꿈을 꿨는걸.)

하필이면 그 남자가 꿈에 나올 줄이야.

용사 레오니스의 스승이자—— 육영웅 최강의 〈검성〉으로 불린 남자.

용사 시절의 기억은 흐릿해져 머릿속에서 사라졌을 텐데——.

어째서, 지금 이런 꿈을 꾼 것일까.

언짢은 듯 인상을 쓴 레오니스는 침대에서 몸을 일으켰다.

이제 나가야 할 시간이다. 옷을 갈아입은 뒤, 고아원에 가서 티세라와 합류한 후에 〈올드 타운〉으로 향하게 되어 있다.

(아무 일도 없으면 좋겠지만…….)

레오니스는 사쿠야의 이야기를 떠올렸다.

——그날. 사쿠야의 앞에 나타난 자는 〈오란〉 출신의 용병단이라고 한다.

〈검귀중〉은 대대로 왕가 호위를 맡았지만, 그들의 조국은 9년 전에 일어난 〈보이드〉의 〈스탬피드〉로 멸망했다.

그리고 현재는 조국을 멸망시킨 〈보이드 로드〉에게 복수하기 위해, 이 〈세븐스 어설트 가든〉에서 〈스탬피드〉를 일으키려는 계획을 추진하고 있는 것 같았다.

사쿠야는 그 계획을 막기 위해, 〈마왕〉 졸 바디스에게 협력을 요청했다.

(——여기는 내 왕국이야. 애초부터 그딴 녀석들이 멋대로 굴게 둘 생각은 없어.)

현재 〈올드 타운〉에는 셜리와 브라커스를 배치해서 예측하지 못한 사태에 대비하고 있다. 또한 부하인 〈낭마중〉에게는 그들의 흔적을 쫓게 했다.

하지만 아직은 꼬리를 잡지 못했다.

(——역시, 앞으로는 첩보 관련 조직을 강화해야겠는걸.)

브라커스는 원래 전장에서 힘을 발휘하는 무투파 장군이며,

셜리는 밀정으로서 우수하기는 해도 원래 역할은 암살자다.

수인족 중에는 첩보가 특기인 종족이 있지만, 전문적인 스킬을 익히지 않은 탓에 현재는 그다지 도움이 되지 않았다.

(언젠가는 첩보 능력이 뛰어난 우수한 인재를 영입하고 싶군.)

레오니스가 탐사 타입 〈성검〉을 지닌 흑발 소녀를 떠올리고 있을 때였다.

"레오, 일어났어? 슬슬 티세라를 데리러 가자."

"소년, 준비해야죠~."

문밖에서 리세리아와 레기나의 목소리가 들려왔다.

◆

"어때요~? 이 유카타, 어울리나요?"

방에 들어온 레기나는 레오니스의 앞에서 귀엽게 몸을 빙 돌렸다.

레기나가 입고 있는 건 평소의 교복이 아니었다.

연한 연두색 천에 꽃과 나비 문양이 화려하게 새겨진, 〈오란〉 전통 의상을 입고 있었다.

――유카타, 라고 부르는 것 같았다.

머리카락 또한 평소의 트윈테일이 아니라, 꼬리를 연상케 하는 포니테일 스타일이었다.

"으, 으음……."

포즈를 취하고 있는 레기나를 본 레오니스는 허둥지둥 고개를 돌렸다.

이 유카타란 옷은 가슴 앞섶이 벌어져 있는 데다 옆트임도 꽤나 대담한 탓에, 레기나 같은 소녀가 그걸 입고 있으니 솔직히 눈 둘 곳이 없었다.

레오니스의 그 반응을 본 레기나는 즐거운 듯이 웃더니…….

"아, 소년. 왜 얼굴이 빨개진 거예요? 후후……♪"

레기나는 레오니스의 눈앞에서 몸을 웅크리더니, 손가락으로 그의 볼을 톡톡 눌렀다.

"으~!"

……레오니스는 끄응, 하고 신음을 흘렸다.

이대로 당하기만 해서는 마왕의 자존심이 손상될 것이다.

몸을 돌린 그는 레기나를 똑바로 바라보더니…….

"어? 소, 소년?"

레오니스가 갑자기 자신을 쳐다보자, 레기나는 당황한 기색을 보였다.

"네, 참 잘 어울려요. 머리 모양도 귀엽네요."

"아, 그래요? 귀, 엽……나요?"

레오니스가 그렇게 속삭이자, 레기나는 귀까지 새빨개졌다.

"물론, 평소의 레기나 씨도 귀엽지만요."

"으~. 소년, 누나를 놀리면 안 되잖아요──."

"아, 그저 진심을 말했을 뿐인데요……."

"바, 바보. 소년은 바보바보바보!"

얼굴이 빨개진 레기나가 고개를 젓자, 포니테일이 좌우로 흔들렸다.

칭찬을 들으면 갑자기 약한 모습을 보이는 누님이다.

뭐, 잘 어울린다는 말도, 귀엽다는 말도 본심에서 우러난 것이다. 하지만 그 말을 했다간 더 부끄러워할 게 뻔하니 이쯤에서 끝내기로 했다.

(지나쳤다간 뒷일이 무섭거든.)

레기나는 저녁 메뉴의 결정권을 쥔 사람이니까.

"크, 큰일났어요, 세리아 아가씨! 소년이 밤의 마왕이 되어가고 있어요!"

레기나는 자신의 주군인 소녀에게 울며불며 매달렸다.

"그래그래. 두 사람 다 장난 그만 치고 빨리 준비해."

리세리아는 그렇게 말하며 어깨를 으쓱했다.

"준비라니, 뭘 하는 건가요?"

"나랑 레오도 유카타로 갈아입는 거야. 자, 이건 레오의——."

리세리아는 손에 쥔 봉투에서, 예쁘게 갠 유카타를 꺼냈다.

"옷가게에서 빌려왔어. 사이즈는 레오에게 딱 맞을 거야."

"저는 교복 차림으로 괜찮은데요."

"안 돼. 레오의 유카타 차림을 보고 싶—— 어험. 축제의 규칙이야."

"하아……."

규칙이라면 어쩔 수 없다. 레오니스는 투덜대면서 유카타를 넘겨받았다.

"이거, 허리띠는 대충 매면 되나요?"

유카타를 펼쳐보면서 고개를 갸웃거리자…….

"자, 소년. 저한테 맡겨주세요."

레기나가 레오니스의 어깨에 손을 얹었다.

"괘, 괜찮아요. 혼자 입을 수 있어요."

"안 돼요. 시간이 얼마 안 남았단 말이에요."

"그럼 나도 갈아입고 올게. 레기나, 레오를 부탁해."

"맡겨주세요, 아가씨."

리세리아가 자기 방으로 돌아가자, 레기나가 힘차게 고개를 끄덕였다.

덜컹하는 소리와 함께 문이 닫히자, 그녀는 레오니스의 교복 상의를 쥐면서 말했다.

"자, 소년. 교복을 벗으세요. 아니면, 제가 벗겨 주길 바라는 거예요?"

저항해봤자 소용없을 것 같았기에, 레오니스는 얌전히 교복을 벗기 시작했다.

"바지도 벗으세요."

"으. 아, 알았어요! 레기나 씨는 뒤돌아서 주세요."

레기나가 뒤를 돌아본 사이에 바지를 벗은 후, 서둘러 유카타를 걸쳤다.

"후후, 잘 어울리네요……. 아, 앞섶을 반대로 여몄네요. 자, 이렇게 해야 해요♪"

레기나는 앞섶을 잘 여민 뒤, 그대로 허리띠를 둘러줬다. 레오니스는 입혀 주는 대로 가만히 있었다.

마지막으로 띠를 꽉 맸다.

"레, 레기나 씨…… 좀, 갑갑해요."

이렇게 괴로운 것은 1000년 전에 〈네크로조아〉에 쳐들어왔던 〈산맥을 먹어치우는 용〉에게 졸렸던 이후로 처음이다.

"조금 느슨하게 할까요? 너무 느슨해선 풀어져 버릴 거예요."

레기나가 허리띠를 조절해주고 있을 때였다.

"레오, 다 입었어?"

문이 열리더니, 유카타를 걸친 리세리아가 돌아왔다.

"윽?!"

무심코 숨을 삼킨 레오니스는 그 모습에서 눈을 떼지 못했다.

리세리아의 유카타는 흰색과 검은색의 세로 줄무늬에 꽃무늬를 새긴 디자인이었다.

눈부신 백은색 머리카락으로 틀어올려서 정돈하자, 요염하기 그지없는 새하얀 목덜미가 평소의 청초한 분위기에 은근한 색기가 감돌게 했다.

"아름다우세요, 아가씨!"

"고, 고마워, 레기나."

리세리아는 긴 소맷자락을 들어 보이면서 멋쩍은 듯 웃었다.

"정말, 아름답네요."

레오니스의 입에서도, 자연스럽게 그런 말이 흘러나왔다.

"부우. 왠지, 저한테 말했을 때보다 더 진심인 것 같네요."

레기나는 삐친 것처럼 볼을 살짝 부풀렸다.

"고마워. 레오도 참 잘 어울려."

리세리아는 미소 짓더니, 레오니스의 모습을 감상하며 만족한 듯이 고개를 끄덕였다.

그 후, 손뼉을 치더니…….

"아, 맞다! 이참에 레오의 사진을 찍어두자."

"아, 그 생각을 못했네요! 잠시만 기다려 주세요, 금방 카메라를——."

"빨리 가죠. 티세라가 기다리고 있을 거예요."

◆

레오니스 일행은 셔틀버스로 고아원에 가서 티세라와 합류했다. 그리고 또 버스를 타고 〈올드 타운〉으로 이동했다.

해는 이미 외벽 너머로 저물고 있었으며, 옅은 어둠이 하늘을 물들이고 있었다.

티세라도 레오니스와 마찬가지로 아이용 유카타를 입었다.

레오니스처럼 빌린 건 줄 알았는데, 프레니아 원장이 직접 만든 것이라고 한다.

제Ⅱ구역. 〈올드 타운〉 앞의 버스 정류장에서 내린 후, 걸어서 게이트로 향했다.

나막신은 걷기 힘들었지만, 그게 정취일 것이다.

당연하다면 당연한 일이지만, 이틀 전에 사쿠야와 왔을 때보다 사람이 훨씬 많았다.

휴교일이라 그런지, 학생들도 많았다.

어째서 학생인지 알 수 있냐면, 익숙한 교복을 입고 있어서다.

"유카타를 입는 게 규칙이라면서요?"

레오니스가 리세리아를 노려보며 그렇게 말하자…….

"그, 그게, 레오의 유카타 차림이 보고 싶었단 말이야."

리세리아는 시선을 피하면서 사실대로 말했다.

마력등에 비친 대로를 따라 나아가자, 축제 음악이 점점 크게 들려왔다.

광장에는 수많은 노점이 있어서, 예전에 왔을 때와는 분위기가 완전히 달랐다.

"사람이 많아졌네."

리세리아가 중얼거렸다.

"그러네요. 흩어지지 않도록 조심하죠."

"어, 레오 오빠…… 아앗."

레오니스는 손을 내밀어서 티세라의 손을 잡았다.

"고, 고마……워."

얼굴이 빨개진 티세라가 고개를 숙였다.

"레오도 떨어지지 않게 조심해."

리세리아가 레오니스의 다른 한 손을 움켜잡았다.

"저는 괜찮아요. 통신기도 있는걸요."

"안 돼~. 나쁜 어른에게 유괴당할지도 모르는걸."

"저기, 그런 일은 없을 것 같은데요."

두 사람이 그런 이야기를 나누자, 티세라가 웃음을 흘렸다.

"소년, 참 인기 좋네요♪"

"그, 그만해요, 레기나 씨."

레기나가 레오니스의 목덜미를 손가락으로 톡톡 두드리자, 그는 항의하듯 그렇게 말했다.

바로 그때——.

"아, 저기 봐! 저거, 정말 귀여워——."

리세리아가 노점 앞에서 갑자기 멈춰 섰다.

귀여운 건 너야, 하고 마음속으로 딴죽을 날린 레오니스는 덩달아 멈춰 섰다.

리세리아의 눈은 사과나 귤 같은 과일을 녹인 사탕으로 감싼 음식에 못 박혀 있었다.

딱 봐도 여자애가 좋아할 것 같은 음식이었다.

"아뇨, 귀여운 건 아가씨예요."

"레, 레기나, 무슨 소리를 하는 거야?"

◆

각양각색의 마력등이 밝히는 길을, 엘프 소녀가 걷고 있었다.

아르레 키르레시오다.

(참 평화롭네. 세상은 미지의 괴물에게 유린당하고 있는데.)

시끌벅적한 축제의 소음은, 고향의 숲에서는 접하지 못했던 것이다.

물론 엘프 종족에게도 축제가 있지만, 더 엄숙하고 조용한 편이었다.

이런 혼잡함은 좋아하지 않는다. 그런데도 왜 이런 장소에 온 거냐면, 〈마왕〉 졸 바디스가 부하인 〈낭마중〉에게 테러리스트를 찾으라고 명했기 때문이다.

레나에게 임무 내용을 들었을 때는 '테러리스트는 너희잖아.' 하고 무심코 딴죽을 날릴 뻔했다가 겨우 참았다.

"뭐, 먹거리를 파는 가게가 있는 건 나쁘지 않네."

노점에서 산 야키소바를 먹으면서 주위를 둘러봤다. 사람들로 북적이는 장소지만, 엘프의 청각은 대화를 정확하게 들을 수 있었다.

——불현듯, 그 시선은 길을 가는 한 소녀에게 쏠렸다.

이 혼잡한 인파 속을 유령처럼 나아가고 있는, 흰색 전통복 차림의 소녀다.

눈길을 끄는 푸른 머리카락. 노점에서 산 듯한 흰색 가면을 얼굴에 쓰고 있었다.

마치 미끄러지는 듯한 발걸음으로, 인파를 피하며 나아가고 있었다.

모습은 확연하게 보이지만, 주위 사람들은 소녀의 존재를 눈치채지 못했다.

(저 푸른 머리카락…….)

아르레가 가장 먼저 떠올린 건, 며칠 전에 군항에 나타났던 소녀 검사다.

하지만 그 머리카락은 저렇게 길지 않았다.

(뭘까. 저 애, 어딘지…….)

불온한 느낌을 받은 아르레는 소녀를 추적하려 했지만…….

"어?"

그 소녀는 어느새 인파 속에서 사라지고 말았다.

◆

레오니스 일행은 노점에서 산 솜사탕과 사과 사탕을 핥아먹으면서 광장을 돌아봤다.

"아, 사격 게임을 하네요. 저는 저걸 잘해요!"

레기나는 기쁜 듯이 레오니스의 유카타 소매를 잡아당겼다.

"그야 그렇겠죠."

"아가씨, 해도 될까요?"

"그래――."

리세리아는 쓴웃음을 머금으며 고개를 끄덕였다.

장난감 총으로 경품을 쏴서 맞히는 게임 같았다.

"티세라 양, 가지고 싶은 게 있나요?"

코르크 총알을 총에 끼우던 레기나는 뒤돌아보며 물었다.

"으, 으음, 저기…… 곰…… 인형……."

"인형인가요. 좀 크지만, 저한테 맡겨 주세요!"

레기나는 한쪽 눈을 감으며 총을 들었다.

그 순간, 표정이 변했다.

예리한 저격수의 표정으로――.

"대(對) 대형 허수 섬멸 무장――〈제4호 용멸중포(드래곤 슬레이어)〉!"

날카로운 기합을 내지르며, 총의 방아쇠를 당겼다.

발사된 코르크 총알이 그대로 봉제 인형의 미간에 맞고――.

토옥. 곰은 희미하게 흔들리기만 했다.

"……."

"맞았어요! 제대로 맞췄다고요!"

"아가씨. 맞추더라도, 떨어뜨리지 못하면 소용없어."

이 노점을 운영하는 남자가 히죽거리며 그렇게 말했다.

"뿌우, 알았어요."

레기나는 발끈하더니, 또 총알을 장전했다.

"이건, 어때요!"

톡톡.

2연사. 시간차로 정확하게 똑같은 장소에 명중시켰다.

하지만 역시 봉제 인형은 흔들리기만 할 뿐, 떨어지지 않았다.

"레기나, 관두는 게――."

"아, 아직이에요, 아가씨. 다음에는 각도도 계산해서――."

"제가 해볼게요."

레오니스는 레기나를 말리더니, 총을 쥐었다.

"소년……."

"레오?"

"맡겨 주세요."

미심쩍어하는 두 사람을 향해 고개를 끄덕이면서, 총알을 장전했다.

이 노점의 남자는 놀리는 듯한 미소를 머금었다.

(마탄이여, 인과(因果)를 꿰뚫어라――.)

방아쇠를 당기자, 미세한 마력이 담긴 총알이 발사되어서 선반 가장자리의 캔에 명중했다.

빗나갔다. 원래라면 말이다.

하지만 총알은 튕겨나며 빙글빙글 돌더니, 옆에 있는 경품, 그 옆의 경품, 그리고 그 옆의 경품을 차례차례 떨어뜨렸다.

튕겨 난 총알은 노점의 기둥에 명중하더니, 그대로 튕겨 나면서 봉제 인형에 명중했다.

――하지만, 레기나 때와 마찬가지로 살짝 흔들리기만 하면서 쓰러지지 않았다.

총알은 지면에 명중하며 또 튕겼다. 그리고 봉제 인형에 명중했다.

두 번, 세 번, 네 번, 다섯 번, 여섯 번. 순식간에 그런 기적이 몇 번이나 일어나더니――.

한 발의 총알에 집중포화를 당한 봉제 인형은 드디어 선반 뒤편으로 쓰러졌다.

"휴우, 진짜 쉽지 않네요."

총구를 내린 레오니스는 어깨를 살짝 으쓱했다.

"레, 레오 오빠, 대단해……!"

티세라가 존경하는 눈으로 레오니스를 응시하며 말했다.

"자, 잘하네요, 소년……."

레기나는 아연실색한 표정을 지었다.

리세리아는 레오니스가 마술을 썼다는 것을 눈치챈 건지, 못

말린다는 듯이 쓴웃음을 머금었다.

"뭐, 그렇게 됐어요. 자, 경품을——."

"허, 헛소리하지 마!"

가게의 남자가 고함을 질렀다.

티세라는 겁을 먹으며 레오니스의 뒤편에 숨었다.

"이, 이런 어처구니없는 일이 어디 있냐고! 속임수를 쓴 게 분명해!"

"속임수를 쓴 건 당신일 텐데요——."

레오니스는 가게 안쪽의 경품 선반을 손가락으로 가리켰다.

곰 인형이 놓인 장소에는 짧은 막대가 튀어나와 있었다.

인형은 그 막대에 걸려 있었던 것 같았다.

"크으, 이 꼬맹이가——."

부정행위를 폭로당해 격앙된 남자가 레오니스의 멱살을 잡았다.

"호오, 죽음보다 더한 공포를 맛보고 싶나 보군."

"뭐, 뭐라고……."

레오니스가 냉소를 흘리며 작은 목소리로 그렇게 중얼거리자, 남자의 얼굴이 질려 버렸다.

"뭐 하는 거야. 폭력행위를 저지른다면 단속할 거야."

——바로 그때, 날카로운 목소리가 들려왔다.

레오니스가 고개를 돌려보니, 흑발 소녀가 씩씩하게 걸어오고 있었다.

"피네 선배!"

리세리아가 기뻐하는 어조로 말했다.

군중들을 헤치며 다가온 이는 교복 차림인 엘피네였다.

팔에는 〈집행부〉 완장을 차고 있었으며, 주위에는 〈보주〉 두 개가 떠 있었다.

"엘피네 선배가 왜 여기 있는 건가요?"

레오니스가 묻자, 엘피네는 어깨를 으쓱하며 말했다.

"〈집행부〉의 의뢰를 받았어. 이런 이벤트의 경비에 자주 차출되거든."

그렇다. 〈아이 오브 더 위치〉의 능력은 이런 대형 이벤트에서 크게 도움이 되는 능력이다. 각계각처와의 연락, 피난 유도, 미아가 된 아이의 보호, 수상한 인물의 감시, 그리고 다툼의 중재에도 말이다.

최대 여덟 개의 〈보주〉를 풀 가동한다면, 혼자서 에어리어 전체를 커버할 수 있을 것이다. 물론 사령탑인 엘피네는 한 명뿐이니, 도와줄 인원이 필요하겠지만.

"그런데, 무슨 일이야? 아이한테 폭력을 쓰려 하다니——."

"어, 아니…… 그게……."

엘피네가 쳐다보자, 그 남자는 허둥지둥 레오니스한테서 손을 뗐다.

"별것도 아닌 속임수예요."

"뭐?"

레오니스가 손가락으로 선반을 가리키자, 총명한 엘피네는 바로 눈치챘다.

"어, 아니, 저기, 그러니까……."

"이야기는 본부에서 듣겠어. 일단, 여기는 영업 중지야."

엘피네는 가게 간판에 영업 중지 스티커를 붙인 후…….

"협력해 주셔서 감사합니다."

그렇게 말하며 레오니스 일행을 향해 고개를 숙였다.

그리고, 의기소침한 남성을 연행해갔다.

"하아. 피네 선배는 바빠 보이네."

"그러네요. 나중에 먹을 거라도 챙겨서 본부로 가져다주도록 할까요."

리세리아와 레기나는 선배의 등을 쳐다보며 중얼거렸다.

레오니스는 곰 인형을 주워 들더니, 티세라에게 건네줬다.

"자요, 티세라 양."

"고, 고마워, 레오 오빠."

곰 인형을 꼭 끌어안은 아홉 살 소녀가 볼을 살짝 붉혔다.

◆

——그렇듯 소소한 트러블을 겪으면서…….

대로를 따라 쭉 나아가자, 사쿠야가 연무를 봉납하는 제전이 보이기 시작했다.

축제 음악과 북적임 속에서, 〈오란〉의 경치를 즐기고 있을 때——.

"저쪽에 사람이 몰려 있네. 무슨 일일까——."

리세리아는 자신들이 가는 방향에 모여 있는 사람들을 손가락으로 가리켰다.

와아, 하는 환성이 들려왔다.

"아마 곡예사겠죠. 보러 갈까요?"

"응."

리세리아가 돌아보자, 티세라가 고개를 끄덕였다.

인파의 중심에는 커다란 우산이 펼쳐져 있었다.

그 아래에서 곡예사가 곡예를 선보이고 있는 것 같았다.

(어디, 내 〈해골 서커스단〉과 비교해 볼까.)

레오니스는 군중 사이에 섞인 후, 고개만 빼꼼 내밀었다.

"윽?!"

바로 그 순간, 레오니스의 얼굴이 딱딱해졌다.

인파의 중심에서 곡예를 선보이고 있는 자들이 낯익었기 때문이다.

우산 아래에서 단도와 공을 능숙하게 던지고 있는 건, 유카타 차림의 소녀였다.

그녀는 어마어마한 실력의 저글링을 선보이고 있었다.

그 옆에 앉아 있는 검은 늑대는 코끝에 올려둔 공을 능숙하게 굴리고 있었다.

(셜리, 브라커스?!)

갈채를 받고 있는 둘을 향해, 레오니스는 허둥지둥 염화를 보냈다.

『——너희는, 대체 뭘 하는 것이냐.』

『아, 마왕님――.』

셜리는 고개를 내민 레오니스를 발견했다.

『옷차림이 참 귀여우세요, 마왕님!』

『으~ 나는 됐다. 그것보다, 이게 대체 어떻게 된 것이냐.』

『――이 모습이, 이곳에 녹아들기 가장 좋다고 판단한 거다.』

코 위에 공을 얹은 브라커스가 대답했다.

『하지만 너무 눈에 띄는 게 아닐까?』

『눈에 띄는 것 자체는 문제 될 게 없다. 그게 자연스러운 형태라면 말이지.』

『음, 그래.』

확실히 브라커스의 말은 일리가 있었다. 괜히 어둠 속에 숨는 것보다, 이렇게 당당히 있는 편이 의심을 덜 살지도 모른다.

『게다가, 과자도 받을 수 있거든요.』

둘의 발치에는 조그마한 상자가 놓여 있었으며, 구경꾼들이 던져준 과자가 잔뜩 들어 있었다.

『그게 목적인 것이냐.』

『아, 아니에요, 마왕님! 이건 어디까지나 위장을 위해…….』

『――뭐, 됐다. 무슨 일이 있으면 보고하도록.』

『아, 네――!』

셜리는 레오니스와 대화 중에도, 저글링을 계속했다.

"저, 여자애, 대단하네."

리세리아는 감탄한 듯이 박수를 쳤다.

"아가씨. 저 애, 어디서 본 적 있지 않나요?"

“듣고 보니, 왠지 낯익어…….”

“기, 기분 탓일 거예요. 자, 가죠!”

“어, 저기, 레오?”

레오니스는 리세리아의 유카타 자락을 잡아당겼다.

도시 내 운하에 설치된 다리를 건넌 후, 한동안 걸어가자…….

둥, 두둥, 하면서 뒤편에서 공기를 뒤흔드는 소리가 들려왔다.

“윽, 숙이세요!”

레오니스는 재빨리 뒤돌아보더니, 날카로운 소리쳐서 경고했다.

“레오?”

바로 그때.

또 두둥 하는 소리와 함께 하늘에서 폭발이 일어났다.

“윽, 저건, 제6계위 마술――〈폭살뢰(그렌조)〉?!”

“레오, 레오――.”

뒤편에 있는 세 사람을 감싸듯 선 레오니스의 어깨에, 리세리아가 살며시 손을 얹었다.

“저건 불꽃놀이야.”

“…….”

“〈오란〉의 불꽃놀이는 참 예쁘네요~.”

둥. 두두두두둥.

불꽃을 쏘는 소리가 울려퍼졌다. 그에 맞춰 밤하늘에는 빛으로 된 꽃이 차례차례 피어났다.

레오니스는 어험 하고 헛기침을 하더니…….

"부, 불꽃놀이 정도는, 알고 있어요."

반쯤 고개를 숙이며 중얼거렸다.

"후후. 레오는 우리를 지켜주려고 했구나."

"아, 아니에요!"

"아가씨, 저쪽에서 더 잘 보일 거예요."

레기나가 인적 없는 장소를 손가락으로 가리켰다.

정수용 인공수 아래에서, 레오니스 일행은 하늘을 수놓은 불꽃을 올려다보았다.

불꽃놀이가 잘 보이는 나무 위를 티세라에게 양보한 레오니스는 살짝 발돋움했다.

하지만 인파 탓에 잘 보이지 않았다.

"레오, 잘 안 보이지?"

리세리아는 레오니스의 뒤에서 가슴을 감싸듯 안아서 들어 올렸다.

"읏, 세, 세리아 씨?! 내, 내려주세요!"

"레, 레오, 버둥거리지 마♪"

수치심 탓에 얼굴을 붉힌 레오니스가 허공에서 버둥거렸다.

그런 두 사람을 본 주위 사람들은 훈훈한 미소를 지었다.

◆

흔들리는 화톳불이, 옅은 어둠을 희미하게 비췄다.

제전 위에 설치된, 정적의 방.

샘에서 몸을 정화한 사쿠야는 무녀복 차림으로 앉아 있었다.
눈앞에는 보도(寶刀)가 들어 있는 나무상자가 있었다.
〈오란〉 건국 때부터 왕가에 전해져 내려온 신기(神器)다.
"아름다우십니다, 사쿠야 님."
"언니가, 훨씬 아름다웠어."
등 뒤에서 들려온 에이카의 목소리에, 사쿠야가 대답했다.
"곧 의식 시간입니다. 준비해주시길."
"응."
신기가 들어 있는 나무 상자를 들고, 이설된 제전을 향해 홀로 나아갔다.
여기서부터는 무녀 말고는 아무도 들어올 수 없는 금역(禁域)이다.
도시의 마력로에 잠든 〈뇌신귀〉에게 무녀의 피를 바쳐서, 의식을 행한다.
백성 앞에서 연무를 봉납하는 건, 그다음이다.
——그날 이후, 〈검귀중〉은 접촉하지 않았다.
이 도시 어딘가에 숨어서, 완전히 기척을 감춘 것 같았다.
그들에게 남겨진 시간은, 많지 않다.
——〈마검〉의 소유자는, 영혼이 허무에 좀먹힌다.
(검귀중. 전사로서 죽을 장소를 찾고 있는 건가.)
〈검귀중〉이 이 의식 도중에 일을 벌일 가능성은 있다.
어떤 방법을 쓸지는 모르지만, 〈뇌신귀〉를 깨운 후에 미끼로 삼아서, 〈오란〉을 멸망시킨 원수를 이곳으로 부르려고 한다.

(〈뇌신귀〉를 해방할 수 있는 건, 무녀인 나뿐이야.)

——바로 그때, 사쿠야는 걸음을 멈췄다.

하얀 모래가 뿌려진 지면 끝에 둘로 쪼개진, 거대한 돌이 있었다.

폐허가 된 왕도에서 가져온, 신의 돌—— 제단이다.

사쿠야는 걸음을 옮기더니, 신기가 들어 있는 나무 상자를 제단 앞에 뒀다.

나무 상자를 연 후, 보도를 꺼냈다.

그 칼날로 자기 팔을 벤 뒤, 돌에 무녀의 피를 뿌리는 것이다.

보도를 손에 쥔, 바로 그때였다.

"윽?!"

희미한 기척이 느낀 사쿠야는 움직임을 멈췄다.

고개를 들었다. 그러자——.

하얀 모래로 된 바다에, 유령 같은 존재가 떠 있었다.

〈오란〉의 새하얀 전통복을 입은, 가면 쓴 소녀다.

화톳불의 어렴풋한 불빛에 비친 푸른 머리카락이, 산들바람에 흔들렸다.

"너는, 누구야?"

사쿠야는 눈을 날카롭게 뜨며 물었다.

물론, 평범한 소녀가 이런 장소에 들어올 리가 없다. 제전 주위에는 라이오가 수배한 〈무라쿠모〉의 밀정이 개미 한 마리 들어오지 못하도록 배치되어 있는 것이다.

——하지만, 대답은 없었다.

소녀는 아무 말 없이, 한 자루의 칼을 불러내서 쥐더니——.
다음 순간, 어둠 속에서 검광이 번뜩였다.

◆

하늘을 무수히 물들인 아름다운 빛 아래에서—— 꿈틀거리는 그림자가 있었다.
프로텍트 수트를 걸친 검귀중은 어둠 속에서 때를 기다리고 있었다.
"시간이 됐다. 지금이 바로 우리의 숙원, 원수를 갚을 때다."
광란의 용병집단. 총 서른일곱 명의 〈마검〉 사용자가 허공을 노려보았다.
조국을 멸한 〈보이드 로드〉를 사냥하기 위해서…….
목숨을 아까워하는 자는 없다.
〈세븐스 어설트 가든〉의 무고한 시민을 휘말리게 하는 것에, 양심의 가책을 느끼지도 않았다.
별이 내려준 〈성검〉을 저주받은 〈마검〉으로 타락시킨 순간에, 각오를 마쳤다.
하지만, 유일한 미련이 있다면——.
(——사쿠야 님만은, 우리 편으로 끌어들이고 싶었다.)
하지만 상대는 내민 손을 거절했다.
——그렇다면, 그 또한 숙명이다.
바로 그때였다.

『——여어, 우잔 님. 계획은 순조로워?』

"어?"

통신 단말에서 이 상황에 어울리지 않는 여유로운 목소리가 들려오자, 우잔은 바이저 아래의 눈썹을 찌푸렸다.

〈검귀중〉의 현재 고용주인 핀젤 피렛의 목소리다.

"그대인가. 큰일을 앞두고 있으니, 통신은——."

『그러지 말고 들어봐. 너희에게 작별 선물을 주려고 연락한 거라고.』

"뭐?"

스폰서인 핀젤 피렛은 〈보이드〉 전투용 프로텍트 수트, 〈세븐스 어설트 가든〉 잠입 계획, 잠복 장소의 제공, 그리고—— 〈마검〉을 준비해 줬다.

그는 〈검귀중〉에게 큰 도움이 됐다.

물론 통이 큰 스폰서를 의심하는 목소리도 있었지만, 그것은 그가 어느 소녀를 데려온 순간에 완전히 사라졌다.

——세츠라 공주. 〈오란〉이 멸망하는 날에 살해당한 주군이었던 것이다.

"우리에게 죽을 장소를, 복수할 기회를 준 그대에게는 감사하고 있다."

『흐음, 그래? 그럼 그 은혜를 지금 갚아주면 좋겠는걸.』

"물론이지. 당신을 위해 싸우는 건 아니지만—— 〈마검 계획〉이었나? 그 계획을 위해 우리의 전투 데이터가 필요하다며? 그러니 마음껏 날뛰어 주겠어."

『그거 든든한걸. 하지만 나는 완벽주의자라서 말이지. 너희가 그 힘을 충분히 발휘할 수 있도록, 손을 써뒀지.』

"뭐?"

——다음 순간.

통신 단말에서 빛이 뿜어져 나오더니, 뭔가가 튀어나왔다.

"후후, 후후후후, 후."

그것은 날개가 달린, 손바닥 크기의 요정 모습을 하고 있었다.

찬란히 빛나는 그 요정은 호랑나비를 연상케 하는 검은 날개를 펄럭이며 허공에서 춤췄다.

"피렛 공, 이게 대체——."

『——인조정령 〈세라핌〉. 〈여신〉의 목소리를 전해주는 메신저야. 〈애스트럴 가든〉의 네트워크를 통해, 너희가 입은 프로텍트 수트의 데이터 링크 시스템에 들어갔지.』

"뭐…… 이 자식, 무슨 짓을 벌이려는 거냐?!"

『미안하게 됐어. 너희의 〈마검〉은, 〈여신〉을 재림하는 제물이 될 거야.』

그리고, 요정들이 속삭였다.

미래에서 전해져오는, 〈여신〉의 신탁을——.

"아, 아…… 아아아아아아아아아아아아앗!"

복수에 목숨을 바친 강자들의 프로텍트 수트가, 차례차례 터져 나가더니——.

서른일곱 마리의 허무의 괴물이 출현했다.

제8장 세츠라

Demon's Sword Master of Excalibur School

(큭, 빨라?!)

치이이이이이이이이이이이이이잉!

첫 일격을 받아낸 순간, 사쿠야는 확신했다.

눈앞의 소녀는, 자신보다 훨씬 빠르다——고 말이다.

검술에 있어서 사쿠야와 버금가는 기량을 지닌 자는, 학교 상급생 중에도 흔치 않다.

하지만, 가면을 쓴 이 소녀는——.

(윽, 밀려?!)

불똥을 튀기며, 칼날이 맞부딪쳤다.

사쿠야는 숨을 내쉬면서 지면을 박찼다. 그렇게 후방으로 도약한 후, 거리를 벌렸다.

가면을 쓴 소녀는 사쿠야를 쫓지 않으며, 대충 칼을 내렸다.

그 칼날은 〈라이키리마루〉와 맞부딪치고도 날이 안 상했다.

평범한 무기가 아닌 것이다.

(큭, 〈성검〉 사용자——.)

어떤 권능을 지녔는지는 알 수 없지만, 흉흉한 〈마검〉의 기운은 느껴지지 않았다.

사쿠야는 〈라이키리마루〉를 고쳐 들며 물었다.

"〈검귀중〉이야?"

"……."

——하지만 소녀는 긍정도, 부정도 하지 않았다. 그저 조용히, 〈성검〉을 고쳐 쥘 뿐이었다.

주위는, 정적으로 가득 찼다.

격렬하게 칼이 맞부딪치는 소리가 울려 퍼지는데도, 누구 한 명 뛰어오지 않았다.

그것이 기묘하게 느껴졌다. 확실히 제전 주위는 격리되어 있지만, 이렇게 커다란 소리를 호위를 맡은 에이카 일행이 못 들었을 리가 없는 것이다.

바로 그때, 주위에 감도는 위화감을 느낀 사쿠야는 푸른 눈을 가늘게 떴다.

유심히 보니, 숲의 나무들이 아지랑이처럼 흔들리고 있었다.

(〈결계〉, 같네. 저 〈성검〉의 능력일까.)

아마 내부에서 발생한 소리를 완전히 차단하는 것이리라.

"용의주도한걸. 목적이 뭐야?"

이 소녀가 〈검귀중〉이 보낸 자객일지라도, 목적을 알 수가 없었다.

그들의 목적은 〈마력로〉에 봉인된 〈오란〉의 신을 해방해서, 원수인 〈보이드 로드〉를 이 자리로 부르는 것이다.

무녀인 사쿠야의 목숨을 해쳐선, 신의 봉인이 풀릴 리가 없다.

(〈검귀중〉은 무녀를 손에 넣었다고 말했는데——.)

설마, 이 소녀가 바로 그 무녀일까——?

가면을 쓴 소녀가 반 걸음 내디뎠다.

(온다!)

즉시 〈라이키리마루〉의 권능을 기동, 〈가속(액셀러레이트)〉을 개시했다.

청백색 플라스마가 튀면서, 사쿠야는 모습을 감췄다.

"절도(絕刀) · 마즈카가미류 검술——〈뇌신열파참〉!"

밤의 어둠 속에서, 무수한 검광이 반짝였다. 대형 〈보이드〉를 상대할 때 사용하는 검기(劍技)다.

가면을 쓴 소녀를 향해, 시야마저 흐릿하게 만드는 칼날의 소나기가 쏟아졌다.

——하지만 그 공격은 명중하지 않았다. 소녀의 모습은, 안개처럼 사라진 것이다.

"읏?!"

등 뒤에서, 기척이 느껴졌다. 감에 따라 몸을 순식간에 돌린 사쿠야는 번개의 칼날을 휘둘렀다.

키이이이이이이이이이이잉!!

귀에 거슬리는 공명음이 울려 퍼졌다. 칼날을 받아내는 데는 성공했지만——.

"흉포한 바람이여!"

——부웅!!

칼날에서 뿜어져 나온 눈에 보이지 않는 충격파가, 사쿠야의 조그마한 몸을 날려버렸다.

"읏, 커, 헉……!"

등부터 지면에 내동댕이쳐진 사쿠야가 폐 안의 공기를 전부 토해버렸다.

가면을 쓴 소녀가 〈성검〉의 칼날을 휘둘렀다.

지면의 흙이 솟구치더니——.

그 직후, 눈에 보이지 않는 칼날이 무녀복의 어깻죽지를 찢었다.

"윽, 그 〈성검〉—— 〈바람〉의 권능, 인가——!"

사쿠야는 피가 밴 어깨를 움켜쥐며 신음을 흘렸다.

아까 사쿠야의 검을 피할 때의 잔상. 눈에 보이지 않는 바람의 칼날.

아마 주위를 감싼 이 〈결계〉도, 바람의 〈성검〉이 지닌 힘에 의한 것이리라.

(이거, 큰일이네——.)

겨우 몇 합 검을 겨뤄본 것만으로, 깨달았다.

인정하고 싶지 않지만—— 이 소녀는 틀림없이, 자신보다 강하다.

"안 쓰고 이길 수 있는 상대가, 아닌 것 같네."

사쿠야는 〈라이키리마루〉의 칼날을 거뒀다.

그와 동시에 칼날을 쥔 오른손에, 허무의 독기가 맺혔다.

"마검—— 〈야미치도리〉."

〈라이키리마루〉의 칼날이 검은 안개에 감싸이더니, 요사하고 어두운 빛을 뿜었다.

칠흑의 번개가 튀면서, 지면을 불태웠다.

"호오."

가면을 쓴 소녀가 처음으로 입을 열었다. 생각했던 것보다, 어린 목소리였다.

"〈마검〉—— 어째서, 네가……?"

사쿠야는 그 말을 무시하며 지면을 박찼다. 순식간에 육박한 후, 〈야미치도리〉를 휘둘렀다.

바람의 칼날과 어둠의 칼날이 격돌하더니, 검풍이 휘몰아쳤다.

"하아아아아아아아아압!"

이번에는 밀리지 않았다. 사쿠야는 그대로 칼날을 밀어붙였다.

그러자——.

——쩌적, 하면서 소녀의 가면에 금이 갔다.

"윽?!"

하얀 가면이 깨지면서, 지면에 떨어졌다.

파란 머리카락이, 검이 낳은 바람에 흔들렸다.

가면 아래의 그 얼굴은 바로——.

"세츠라…… 언……니……?"

사쿠야는, 눈을 치켜떴다.

◆

레오니스는 처음에, 그 소리를 불꽃놀이용 폭죽이 터지는 소리라고 생각했다.

하지만 그 직후. 굉음과 함께 밤하늘을 향해 격렬한 불기둥이 솟구쳤다.

"읏, 뭐야?!"

리세리아는 날카롭게 고함을 지르면서, 레오니스와 티세라를 등 뒤로 감쌌다.

두웅, 두웅, 두우우우우우우우웅!!

어마어마한 굉음이 연이어 터졌다.

〈올드 타운〉의 건물이 차례차례 무너지자, 군중들이 비명을 질렀다.

(무, 무슨 일이지?)

"아가씨, 저쪽을 보세요——!"

레기나가 폭발의 중심지를 손가락으로 가리켰다.

활활 타오르는 불꽃이 자아낸 빛 아래에, 불길한 실루엣이 서 있었다.

멀리서 봐도 몸집이 5미터는 될 법한 거대 인간형 존재였다.

"서, 설마, 〈보이드〉!?"

"마, 말도 안 돼요! 〈보이드〉 발생의 전조가 없었는데——."

레기나가 입술을 깨물었다.

보통 〈보이드〉가 발생할 때는 공간에 균열이 생겨난다.

〈성검학원〉 관리국은 그때 발생하는 공간의 비틀림을 관측해서, 〈보이드〉 발생을 감지하는 시스템을 구축해뒀다.

하지만 이번에는 그 전조인 공간의 균열이 발생하지 않았다.

『——리아…… 세리아, 들려——?』

"아, 피네 선배!"

리세리아의 단말에 통신이 들어왔다.

『〈올드 타운〉에서 〈보이드〉의 동시 발생—— 확인…… 어.』

단말을 통해 절박한 목소리가 들려왔다. 목소리에 노이즈가 섞인 것은 〈보이드〉의 마력 차단 탓이리라.

"설마, 〈스탬피드〉——."

『아니야. 그렇지 않아.』

엘피네는 단정 지었다.

『이건, 극히 소규모의 군체 발생이야. 〈통솔체〉의 존재도, 확인되지 않았어.』

"군체의 규모와 〈보이드〉의 타입 및 추정 랭크는 어떻죠?"

『숫자는 30마리에서 40마리 정도. 〈중대(스쿼드론)〉 규모야. 각 〈보이드〉의 타입과 추정 랭크는—— 알 수 없어. 학교의 데이터에 존재하지 않는 개체야.』

"알았어요. 하지만 저 파괴력을 보면—— B랭크 이하일 가능성은 없다고 봐요."

리세리아는 고개를 들더니, 검은 연기가 피어오르는 파괴의 중심지를 쳐다봤다.

"저희가 시민의 피난 유도를 하겠어요. 실시간으로 데이터를 보내주세요."

『부탁할게. 〈보주〉를 보냈으니 데이터 링크를 해.』

"알았어요."

통신이 끊어졌다. 리세리아는 등 뒤에 있는 레오니스와 레기나를 돌아보더니…….

"들었지? 〈성검사〉의 소임을 다하자."

"네, 아가씨!"

"알았어요."

레오니스는 고개를 끄덕였다.

"학교의 부대가 도착할 때까지, 시민의 보호와 피난 유도를 최우선으로 해. 레기나는 고지대에 자리를 잡은 뒤, 각 방면의 엄호 사격을 맡아줘."

"알았어요! 성검 〈용격조총(龍擊爪銃)(드래그 스트라이커)〉── 액티베이트!"

리세리아의 지시에 따라, 레기나는 즉시 움직였다.

엽총 타입의 〈성검〉을 손에 쥔 채, 빌딩이 있는 방향으로 뛰어갔다.

"나는 일단 여기 있는 사람들을 호위하며 셸터로 유도할게. 티세라는 나를 따라와."

"아, 알았어요!"

이 사태에서 티세라는 비명을 지르지 않으며, 꿋꿋하게 고개를 끄덕였다.

리세리아와 레오니스를, 진심으로 신뢰하는 것이리라.

(아무리 그래도, 아홉 살치고 참 담력이 대단하군. 나중에 거물이 될지도 모르겠는걸.)

레오니스가 감탄하고 있을 때…….

"레오도, 나와 함께―― 잠깐만, 사쿠야와 통신이 안 돼."

리세리아의 표정에 초조가 어렸다.

"〈보이드〉의 마력 차단―― 아니, 제전의 결계 탓일 거야."

이 자리에서의 임시 지도자인 리세리아로서는 단독으로 〈보이드〉를 토벌할 수 있는 사쿠야를 효과적으로 전장에 투입하고 싶을 것이다.

사쿠야는 독자적인 판단으로 〈보이드〉와 전투를 벌이겠지만, 연계를 취할 수 없는 상태에서는 대처할 수 있는 방면에도 한계가 있다.

"제가 가보겠어요."

"레오……."

"사쿠야 씨와 연계하며, 다리 건너편에 있는 〈보이드〉에게 대처할게요."

"알았어. 부탁할게."

리세리아는 고개를 살짝 끄덕이더니, 공황 상태에 빠진 군중을 향해 당당한 목소리로 외쳤다.

"〈성검학원〉의 〈성검사〉, 리세리아 크리스타리아예요. 제가 여러분을 셸터까지 호위하겠어요. 부디 침착하게 저를 따라오세요!"

◆

"자, 나도 서두르는 게 좋겠는걸."

혼잣말을 중얼거린 레오니스는 제전이 있는 숲을 돌아보았다.

(예전의 〈오란〉 잔당이 일을 벌인 건가…….)

——그렇다면 사쿠야를 노릴 가능성이 있다.

"셜리여, 상황은 파악하고 있겠지?"

『네, 마왕님——.』

어딘가에서 셜리의 대답이 들려왔다.

"여기는 내 〈왕국〉이다. 내 백성을, 한 명도 희생시키지 마라."

『알겠습니다, 마왕님.』

다음으로 레오니스는 그림자에서 〈로그너스 삼용사〉를 소환했다.

"검사 아미라스, 투사 도르오그, 법술사 네피스갈. 너희는 각 지역으로 흩어져서 주요 지하 셸터를 지켜라."

"명 받들겠사옵니다."

태고의 영웅들은 레오니스 앞에서 고개를 숙이고, 한목소리로 답했다.

"단, 너무 튀는 행동은 하지 말도록. 상황이 격변한 경우——그래. 내 권속 리세리아 크리스타리아의 지시에 따라라."

"네!", "그리 하겠사옵니다.", "이번에 공을 세워, 일전의 실수를 설욕하겠습니다."

"음. 부탁하마——."

해골 전사는 소리 없이 몸을 일으키더니, 건물 지붕 위를 내달렸다.

마지막으로, 레오니스는 힘차게 말했다.

"브라커스, 거기 있지?"

"여기다, 매그너스 공."

목소리가 들려온 방향을 돌아보니, 건물 지붕 위에 검은 늑대가 있었다.

레오니스는 몸을 날리더니, 브라커스의 등에 올라탔다.

"사쿠야가 있는 제전으로 서두르자."

"그래."

브라커스는 앞발에 힘을 줬다.

"이 모습으로 돌아다니는 모습을 목격당하면 성가시겠지."

레오니스는 그림자 안에서 꺼낸 가면을 썼다.

그림자가 유카타 차림인 레오니스의 온몸을 감싸더니, 그의 모습을 〈마왕〉으로 변모시켰다.

"그림자의 〈마왕〉이, 드디어 대외적으로 모습을 드러내는 건가."

"그래. 〈마왕〉의 존재를 알릴 때가 됐다."

◆

"말도, 안 돼……. 이럴 순 없어…… 어떻게——."

얼굴이 창백해진 사쿠야가 떨리는 목소리로 외쳤다.

말도 안 된다. 있을 수 없는 일이다.

왜냐하면——.

"언니는, 내 눈앞에서—— 죽었, 는데……."

온몸에서 힘이 빠졌다. 그런데도 〈야미치도리〉를 놓치지 않은 건, 검사의 본능에 따른 것이다.

그 얼굴은, 사쿠야 본인과 똑같았다.

그저, 눈의 색깔만이 달랐다.

눈앞에 있는 소녀의 눈은, 마치 불길한 별처럼 흉흉한 붉은색을 띠고 있었다.

푸른 머리카락이 바람에 흔들리는 가운데, 소녀는—— 칼을 높이 들었다.

동생이 앞에 있는데도, 그 얼굴에는 아무런 감정도 없었다.

냉혹한 살의조차 없이, 한 걸음 또 한 걸음 다가왔다.

"내 얼굴이, 이상하기라도 한 거야?"

"윽?!"

그 말을 들은 순간…….

사쿠야의 마음에, 다시 불길이 맺혔다.

——언니가 아니다.

이건, 언니의 얼굴을 한 다른 무언가—— 괴물이다.

"아, 아아아아아아아아앗!"

사쿠야의 온몸에서, 허무의 독기가 뿜어져 나왔다.

독기는 지면의 풀을 시들게 했고, 숲의 나무들마저 순식간에 말라비틀어졌다.
제어를 못 하고 있다는 건 안다.
하지만, 어쩔 수 없다.
눈앞에 있는 이것을 베어야만 한다. 베지 못한다면…….
(나는, 미쳐버릴 것만 같아!)
타앗—— 하며, 지면을 박찼다.
"섬뢰신(閃雷迅)!!"
샘솟는 격정에 몸을 맡기고, 칠흑의 뇌광을 두른 〈야미치도리〉의 칼날을 휘둘렀다.
키이이이이이이이이이이이잉!!
마풍(魔風)이 울부짖었다.
언니의 얼굴을 한 그것은, 사쿠야가 혼신의 힘을 다해 날린 일격을 정면에서 받아냈다.
"너는 대체 뭐야! 내 언니는——."
사쿠야는 더욱 파고들면서 힘에 의존한 공격을 난잡하게 날려댔다.
뇌광이 치면서, 대기에 플라스마가 흩뿌려졌다.
"흥미롭네. 이렇게 삼켜졌는데도, 왜 허무에 타락하지 않는 걸까——."
"닥쳐! 언니의 얼굴로, 언니의 목소리로 지껄이지 마아아앗!"
미즈카가미류 검술—— 〈앵화참무(櫻華斬舞)〉!
칠흑빛으로 반짝이는 무수한 검광이, 언니의 모습을 한 그것을 찢어발겼다.

——하지만. 공격이 성공했다는 감촉이 느껴지지 않았다. 사쿠야의 칼날은 허무하게 허공을 갈랐을 뿐이다.

바람의 〈마검〉의 잔상.

느닷없이—— 등 뒤에서 기척이 느껴졌다.

뒤를 돌아보며, 어마어마한 속도의 일격을 날렸다——!

〈마검〉의 칼에는 칼집이 존재하지 않는다. 하지만 칼날에 발생한 초전자력을 단숨에 해방해서 펼치는, 발도술과 흡사한 기술이 있다.

〈뇌참(雷斬)〉—— 사쿠야의 비기다.

번갯불을 튀기며, 〈야미치도리〉의 칼날이 반짝였다.

푸른 머리카락이 흩날렸다.

칼끝은, 등 뒤에 선 소녀의 이마를 아슬아슬하게 스치기만 했다.

(말도 안 돼, 〈뇌참〉을 피했어?!)

인간의 반사 속도로는 불가능하다.

(큭, 괴물——.)

발도술과 마찬가지로, 〈뇌참〉은 일격필살의 비기다.

그렇기에, 그 일격을 날린 후에는 크나큰 빈틈이 생긴다.

"미즈카가미류 검술—— 〈마풍열참(魔風烈斬)〉."

자세가 흐트러진 사쿠야를 향해, 마풍을 두른 칼날이 휘둘러지자——.

무수한 바람의 칼날이 휘몰아치며, 사쿠야의 몸을 난자했다.

◆

“셸터는 저쪽이에요! 서두르세요!”

리세리아의 유도에 따라, 사람들이 개방된 셸터로 차례차례 뛰어 들어갔다.

입구 앞에서 불안한 얼굴을 한 티세라에게도 말을 건넸다.

“걱정하지 마. 여기는 우리가 꼭 지킬게.”

“아, 네! 조심하세요!”

리세리아는 고개를 끄덕인 후, 셸터의 반대쪽을 돌아보았다.

——■■■■■■■!!

몸 곳곳에 팔이 생긴 〈보이드〉가 울부짖었다.

“성검 〈블러디 소드〉—— 액티베이트!”

리세리아가 해방의 말을 읊조리자——.

손아귀에 빛의 입자가 생겨나면서, 아름다운 검이 현현됐다.

진홍색으로 빛나는 칼끝으로 자기 팔에 작은 상처를 내자, 핏방울이 지면에 방울져 떨어졌다.

발치에 생겨난 피 웅덩이는 곧 무수한 붉은 칼날이 됐다.

휘잉———하고 바람소리가 나더니, 그 칼날이 리세리아가 입은 옷을 잘랐다.

잘려 나간 유카타의 옷자락과 소매가, 바람에 흩날리며 지면에 떨어졌다.

“이걸로, 움직이기 편해졌어——.”

올려 묶었던 백은색 머리카락을 풀자, 마력의 빛이 어리면서 희미하게 빛났다.

〈성검〉을 든 리세리아에게, 〈보이드〉가 반응했다.

(큭, 왔어!)

거대한 인간형 보이드. 〈타입 오거〉의 아종일까. 랭크는 알 수 없지만, 시가지의 빌딩을 순식간에 파괴하는 것을 보면 상당한 전투력을 지닌 게 틀림없다.

반년 전의 리세리아라면, 홀로 맞서는 건 도저히 불가능했을 것이다.

하지만 지금은――〈보이드〉와 대치했는데도 전혀 두렵지 않았다.

(레오가, 매일 특별 훈련을 시켜주고 있는걸!)

팔이 여섯 개인 〈보이드〉가, 포효를 토하며 돌진해왔다.

리세리아는 〈성검〉의 칼날을 지휘봉처럼 휘두르며, 발치에 마술법진을 그렸다.

"와라, 그림자 사냥꾼. 여왕의 종이여――."

그 입술이 자아낸 것은, 고대의 주문.

그라바 라잔
제2계위 〈사령〉술――〈그림자 늑대 소환〉.

눈부신 마술법진 안에서, 그림자 늑대 세 마리가 소환됐다.

"발을 묶어줘!"

리세리아가 검을 휘두르자――.

그림자 늑대는 거대한 〈보이드〉에게, 일제히 덤벼들었다.

그와 동시에 리세리아도 지면을 박차며, 단숨에 쇄도했다.

◆

"크…… 아, 아, 아아, 아──."

극심한 통증 탓에, 의식을 잃을 것 같다.

무녀복은 피에 물들었다. 축 늘어진 팔을 들 수가 없다.

피웅덩이에 잠긴 손가락 끝조차, 움직일 수 없었다.

왼쪽 눈에 보이는 시야가 검게 물들어 있었다. 타들어 가는 듯한 격심한 통증. 통증. 통증.

"윽, 아…… 크, 윽──."

"〈마검〉으로 치명상을 막았구나. 대단해."

목소리가 들려왔다. 발소리가, 천천히 가까워졌다.

(일어……나야, 해…….)

의지를 쥐어 짜내며 온몸을 움직이려 했지만, 사지는 꼼짝도 하지 않았다.

피 웅덩이에 주어 앉은 채, 아직 보이는 한쪽 눈으로 자기 몸을 내려다봤다.

온몸에 깊은 상처가 나 있었다. 〈야미치도리〉로 막아내지 않았다면, 그대로 숨이 끊겼을 것이다.

하지만, 그녀는 이미 치명상을 입은 상태였다.

"어……째, 서……!"

사쿠야는 피에 젖은 입술로 말했다.

〈마풍열참〉── 그것은 왕가에 전승되는 미즈카가미류의 검술이다.

——어째서, 이 소녀는 그 검술을 쓸 수 있는 것일까?

그 답은 명백하다. 하지만 인정하기 싫다. 인정할 수는——.

(그럴 리가 없어. 언니일 리가——.)

바로 그때——.

상대는 움직일 수 없는 사쿠야의 앞에서 몸을 웅크렸다.

손가락 끝으로 사쿠야의 볼을 쓰다듬더니, 그 피를 훔쳐서 자신의 입에 머금었다.

"윽, 뭐하……는 거야……?!"

"무녀의 피를 계승했어."

그 피를 목구멍으로 넘긴 소녀는 몸을 일으키더니, 돌로 된 제단을 향해 걸음을 옮겼다.

그리고 신기인 보도를 손에 쥐더니, 그 칼날을 자기 손목에 댔다.

제단 위에, 피가 떨어졌다.

"봉인된 신의 영혼이여. 오랜 맹약의 피에 응해, 이 자리에서 눈뜨소서."

그 순간. 돌로 된 제단이 푸른 빛을 뿜었다.

밤의 어둠을 물들이고, 한낮의 태양을 현현시킨 듯한, 광휘로운 빛.

"안, 돼…… 하지 마…… 언니!!"

사쿠야는 목청껏 소리쳤다.

제단에 무녀의 피를 바치는 의미를, 사쿠야는 안다.

그것은, 9년 전에 본 것과 똑같은 광경이었다.

두 무녀는 같은 방법으로, 〈오란〉의 두 신을 깨웠다.

이윽고 빛이 사라지더니, 주위는 다시 어둠에 휩싸였다.

아직 꺼지지 않은 화톳불의 불빛을 받으며—— 언니의 얼굴을 한 소녀가 뒤를 돌아보았다.

"해방된 쌍신 중 한쪽을 갈구하며, 허무의 영웅이 이곳에 오겠지——."

숨통을 끊으려는 것일까. 그런 짓을 하지 않더라도, 금방 죽을 텐데…….

온몸에서 힘이 빠졌다. 한사코 쥐고 있던 〈마검〉도, 검은 안개가 되어 사라졌다.

시체처럼 차가운 손가락이, 사쿠야의 목을 움켜쥐었다.

거울에 비친 것처럼 똑같은 얼굴이 사쿠야의 눈을 응시했다.

"언……니……."

"죽이지는 않겠어. 귀중한 〈마검〉 사용자니까 말이야. —— 내 주인의 권속이 되도록 해."

"권……속?"

무슨 말을 하는지 것일까?

하지만 그 의문은 사라져가는 의식에 삼켜지려고——.

게르즈 조크
"〈영살참(影殺斬)〉."

바로 그때, 검은 그림자의 칼날이 사쿠야의 눈앞에 쏟아져 내렸다.

"윽?!"

세츠라는 사쿠야의 목을 놓으며 어둠 속으로 도약했다.
귀에 익숙한 목소리였다.
(——아니, 설마?!)
아직 보이는 오른쪽 눈을 치켜뜨자——.
"허락 없이 내 것에 손을 대다니, 배짱 한번 좋구나."
팔짱을 낀 〈마왕〉—— 졸 바디스의 모습이 보였다.

◆

"크, 마……왕……!"
의식이 몽롱해진 가운데, 사쿠야는 마른 입술을 움직였다.
(저자가, 왜 여기에……?!)
마왕 졸 바디스는 지면에 당당히 내려서더니, 어둠 깊숙한 곳을 돌아봤다.
"〈보이드〉를 이곳으로 부른 건 네놈이냐——."
"……."
침묵. 세츠라는 거리를 벌린 채, 마왕과 대치했다.
"마왕의 질문에 답하지 않는다니, 무례하구나——."
마왕의 손바닥에 불꽃으로 된 여섯 개의 구체가 생겨나더니, 주위의 어둠을 환하게 비췄다.
그러자——.
"아, 니?!"
눈앞에 있는 소녀의 얼굴을 본 순간, 마왕은 놀란 투로 말했다.

"사쿠야? 아니, 너는——."

마왕이 동요한 틈에——.

세츠라는 〈성검〉의 칼날을 옆으로 휘둘렀다.

마풍의 칼날이 해방되더니, 마왕을 향해 쇄도했다.

아니, 그렇지 않다. 그 칼날이 노리는 것은 마왕의 뒤쪽에 쓰러져 있는 사쿠야였다.

"쳇——〈어둠의 장벽(리라르테)〉."

마왕은 외투를 펄럭여서, 마풍의 칼날을 없앴다.

고오오오오오오오오오오!!

바람이 거칠게 휘몰아치더니, 주위의 나무들이 쓰러졌다.

흙먼지가 격렬하게 피어오르면서, 주위를 뒤덮었다.

그리고——.

"도망쳤나——."

세츠라는 흔적도 남기지 않으며 사라졌다.

"사쿠야 지클린데."

마왕은 사쿠야를 향해 돌아서더니…….

"저건, 뭐지? 너와 똑같이 생겼던데 말이다."

"내가, 묻고 싶은 심정이야."

사쿠야는 목소리를 쥐어 짜내서 답했다.

"망령, 일까……."

"망령(고스트) 같은, 저급 언데드로는 보이지 않았다."

마왕은 영문 모를 말을 중얼거렸다.

"왜, 구해준 거야? 거래……는, 거절, 했는데……."

“내 것을 건드리려 하는 괘씸한 것들을, 찢어 죽이러 왔을 뿐이다.”

“네 것이 된 기억은…… 없는데, 말이야…….”

사쿠야는 무심코, 쓴웃음을 머금었다.

“언젠가, 이 〈왕국〉의 모든 것은 내가 차지할 테지——.”

마왕은, 피 웅덩이에 주저앉아 있는 사쿠야를 내려다봤다.

“이대로 있다간, 목숨을 잃겠군.”

“그, 래……. 유감, 이지만——.”

“유감이지만, 나는 〈치유〉 영역의 마술은 쓸 수 없다. 하지만——.”

마왕은 고개를 젓더니…….

“〈오란〉의 공주여. 홀로 내 〈마왕성〉에 쳐들어온 만용에 경의를 표해, 다시 한번 너에게 교섭의 기회를 주마.”

“뭐……라, 고?”

사쿠야가 한쪽 눈을 치켜뜨자——.

“열려라, 〈그림자 왕국〉의 열쇠여.”

마왕은 허공으로 오른손을 들더니, 주문 같은 것을 영창했다.

그러자 그 손바닥 위에 찬란히 빛나는 보석이 무수히 출현했다.

(아니, 야……. 보석이, 아니야.)

사쿠야는 곧 눈치챘다. 컬러풀한 빛을 뿜는, 저것은——.

“이건—— 〈마안(魔眼)〉이다.”

“마안……?”

“힘을 지닌 〈마안〉의 수집은 〈마왕〉의 기본적인 덕목이지. 전장에서 특별한 공적을 세운 수하에게 최고의 포상으로서 내리곤 했다."

가면 너머로, 마왕이 희열에 찬 미소를 지은 것—— 같은 느낌이 들었다.

"종류가 다양하지. 마족, 신수(神獸), 반신(半神) 영웅, 마신, 아신, 용에게 빼앗은 것. 〈수화(獸化)의 마안〉, 〈석화의 마안〉, 〈멸사(滅死)의 마안〉, 〈매의 마안〉, 〈천마의 마안〉, 〈시간의 마안〉, 〈마술 파해의 마안〉, 〈진실의 마안〉, 〈혼독(魂讀)의 마안〉——."

허공에 떠 있는 무수한 〈마안〉은, 마치 별이 든 밤하늘을 연상케 했다.

"뭘…… 하려는 거야?"

"잃어버린 네 왼쪽 눈에, 이 〈마안〉을 이식할 거다. 〈마안〉은 신경에 접속되어서, 육체의 손상을 복구해줄 테지."

"선심 한번, 제대로 쓰는걸."

"그렇지도 않다."

마왕은 어깨를 으쓱했다.

"〈마안〉을 단다는 건, 인간이 아니게 된다는 의미다. 〈마신〉의 눈을 이식하면 반(半) 마신이, 〈용〉의 눈을 이식하면 하프 드래곤이 되겠지——."

"……."

"선택하거라, 〈오란〉의 공주여. 이 자리에서 순순히 목숨을 잃을 건지, 〈마안〉의 힘을 받아들인 반마(半魔)의 존재가 되어서 이 〈마왕〉 졸 바디스를 모실지를 말이다."

"어리석은, 질문이야――〈마왕〉."

사쿠야는 웃음을 터뜨렸다.

"그딴 건, 생각해 볼 것도 없어."

"호오?"

눈을 감자, 제18소대 동료들의 얼굴이 떠올랐다.

리세리아, 레기나, 엘피네――그리고, 레오니스.

함께 〈보이드〉와 싸우기로 맹세한, 〈성검사〉.

그리고, 언니의 모습――.

(나는 이런 데서, 죽을 수 없어.)

사쿠야는 모든 힘을 쥐어 짜내서, 손을 내밀었다.

"〈마왕〉 졸 바디스. 나는, 너와 계약하겠어."

"그래."

마왕은 고개를 끄덕이더니…….

"그럼, 네가 원하는 건 어떤 힘이지?"

"속도야."

사쿠야는 주저 없이 말했다.

"저걸 쫓아갈, 번개보다 빠른 속도를 원해."

"좋다. 그럼 이 〈마안〉을 내려주지."

마왕은 허공에 떠 있는 눈 중 하나를 손에 쥐더니, 사쿠야에게 내밀었다.

"〈시간의 마신〉에게서 빼앗은, 〈시간의 마안〉을――."

사쿠야의 왼쪽 눈에 〈마안〉을 댔다.

"으, 앗…… 으, 극, 아아아아아아아아아아아아아아아아앗!!"

——뜨거워, 아파. 아파. 뜨거워. 뜨거워. 아파. 아파. 아파. 격통. 빛. 이물질. 아파.

영혼이 휘어 잡힌 채, 엉망진창으로 휘둘러지는 듯한 감각.

"죄송해요, 사쿠야 씨. 잠시만…… 참아, 주세요."

어디선가, 귀에 익숙한 소년의 목소리가 들려온 느낌이 든 순간——.

"아……아, 아아아아아아아아아아아아악!!"

사쿠야는, 의식을 잃었다.

◆

"거부 반응은, 없는 것 같군."

레오니스는 의식을 잃은 사쿠야를 살며시 눕혔다.

그 온몸에 난 상처는 〈마안〉의 수복 작용에 의해 서서히 재생되고 있었다.

리세리아 때는 거의 즉사 상태였기 때문에 〈언데드〉 권속으로 만들 수밖에 없었지만, 사쿠야는 치명상을 면했다.

하지만 이대로 내버려 뒀다간, 목숨을 잃을 게 틀림없다.

(〈언데드〉로 만드는 건, 리스크가 너무 커.)

레오니스가 쓰는 죽음의 마술과 대상자 간의 영혼의 상성, 이라는 것이 있다.

리세리아가 〈뱀파이어 퀸〉으로 부활한 것은, 기적 같은 행운이었다.

"그건 그렇고, 또 한 명의 사쿠야는 대체——."

주위를 둘러보던 레오니스는 지면에 떨어져 있는 어떤 물건을 발견했다.

두 동강이 난, 하얀 가면이었다.

(아니, 이건——.)

그것을 주워 든 레오니스는 어떤 사실을 눈치챘다.

"왜 그러지, 매그너스 공."

화톳불이 만들어낸 발치의 그림자에서, 브라커스가 모습을 드러냈다.

〈마왕〉과 함께 행동하고 있다는 것을 사쿠야에게 들키지 않도록, 모습을 감추고 있었다.

"이 가면, 〈네크로조아〉에서 제마인을 죽인 암살자가 쓰고 있던 것이다."

"흠, 틀림없나?"

"그래. 그러고 보니 그자도 아까 본 하얀 옷을 입었던 것 같군. 똑똑히 기억하지는 못하지만, 나중에 셜리에게 확인해 볼까."

레오니스는 가면을 그림자 속에 던져 넣었다.

"제마인의 입을 막은 암살자, 인가——."

〈올드 타운〉에 출현한 〈보이드〉 무리도 그렇고, 〈오란〉 잔당의 배후에는 구 〈마왕군〉이 있을 가능성이 생겨났다.

"날파리처럼 성가신 놈들이군."

"동감이다."

브라커스가 고개를 끄덕인 바로 그때였다.

땅울림 같은 소리가 울리고, 지면이 희미하게 진동했다.

"이 규모의 〈해상도시〉가 흔들리다니……."

레오니스는 등 뒤를 돌아봤다.

〈세븐스 어설트 가든〉의 중심부――.

그 상공에, 찬란한 빛이 존재했다.

"저건――〈오란〉의 신이 눈뜬 건가?"

〈오란〉의 신은 이 〈세븐스 어설트 가든〉의 〈마력로〉와 융합해 있다.

저 빛의 출현 지점은 그 〈마력로〉의 상공이다.

레오니스는 피가 뿌려진 돌 제단을 쳐다봤다.

사쿠야와 같은 얼굴을 지닌 소녀가, 여기서 신을 해방하는 의식을 치렀으리라.

"사쿠야가 깨어나더라도, 다시 봉인하는 건 간단한 일이 아닐 테지."

사쿠야의 이야기에 따르면, 〈오란〉의 잔당은 이 도시에 파멸을 불러올 계획을 꾸미고 있다고 한다.

무슨 짓을 벌이려는 건지는, 모르지만――.

"내 왕국에서, 저딴 게 날뛰게 둘 순 없다――."

레오니스는 탄식을 터뜨리고, 그림자 안에서 〈봉죄의 마장〉을 꺼내 들었다.

제9장 최강의 검성

Demon's Sword Master of Excalibur School

——샤다르크 보이드 로드.

외눈 검사 모습을 한 허무의 괴물이, 사쿠야의 목을 향해 대검을 휘둘렀다.

사쿠야는 각오를 다지며, 눈을 감았다.

하지만, 그 직전…….

〈보이드 로드〉가, 움직임을 멈췄다.

무릎을 꿇은 사쿠야의 등 뒤에, 갑자기 나타난 자를 본 것이다.

"이 자식, 왜 여기에 나타난 것이냐——?"

〈인과의 실을 따라, 이 운명에 도달했다.〉

남자인지 여자인지 알 수 없는, 노이즈 섞인 목소리.

사쿠야가 고개를 돌려보니, 거기에 있던 이는——.

아니, 있던 것은 바로 어둠의 응집체였다.

쉴 새 없이 꿈틀거리고 있는, 흉측한 그림자였다.

(뭐, 야?!)

그런 사쿠야의 마음에 응답하듯, 그 어둠은 대답했다.

〈나는 미래. 혹은 과거. 혹은 인과. 허무. 운명——.〉

그 어둠은 꿈틀대는 팔을 뻗더니, 사쿠야의 이마에 댔다.

그리고――.

〈인과에 인도된 자. 힘을 원한다면, 허무를 받아들여라.〉

"윽?!"

그 순간, 불가사의하게도 공포는 느껴지지 않았다.

그저 〈오란〉을 멸망시키고, 수호신인 〈풍신귀〉를 먹어 치웠으며, 자기 눈앞에서 언니를 죽인 〈보이드〉를 향한, 활활 불타오르는 듯한 증오에 따라――.

사쿠야는, 그것을 받아들였다.

"아, 아아…… 아아아아아아아아아아아앗!"

"아니?!"

〈보이드 로드〉가 신음을 흘렸다.

여섯 살 소녀의 몸이, 허무의 독기에 감싸이더니――.

그 손에, 검은 뇌광을 뿜는 칼이 현현됐다!

"――하아앗!"

사쿠야는 찢어질 듯한 절규를 토하며 칼날을――.

〈마검〉의 칼날을, 〈보이드 로드〉의 심장에 찔러넣었다.

――쩌적――.

유리에 금이 가는 듯한 맑은 소리가 들려왔다.

쩌적――쩌저적――쩌저저저저적――.

"윽?!"

〈보이드 로드〉의 육체가――.

아니, 공간 그 자체에 금이 가면서 그 몸이 삼켜졌다.

"시간이 다 됐나. 아쉽지만, 너는 이것도 예견했겠지."

샤다르크는 증오에 찬 목소리로 중얼거렸다.
그 시선은 자신의 심장에 〈마검〉을 꽂은 사쿠야를 향하고 있지 않았다.
사쿠야의 등 뒤에 있는—— 어둠 덩어리를 향하고 있었다.
"〈여신〉이여. 나는, 언젠가 너에게 도달할 것이다. 모든 운명, 모든 인과를 뛰어넘어, 너의 그 목에, 이 칼을 꽂아 주마——!"
그리고, 사쿠야의 눈앞에서——.
샤다르크 보이드 로드는, 허공의 균열을 통해 모습을 감췄다.

◆

"으…… 큭……!"
타들어 가는 듯한 고통 속에서, 사쿠야는 눈을 떴다.
욱신, 욱신, 하며 눈 안쪽에서 둔한 통증이 느껴졌다.
(그날의, 기억……인가…….)
밤의 어둠 속. 사쿠야는 왼쪽 눈을 감싸며 혼잣말을 중얼거렸다.
〈마안〉이 눈에 이식된 순간.
과거와 미래, 모든 시간이 이어지는 듯한 감각에 삼켜졌다.
만약 그때, 의식을 잃지 않았다면 미쳐버렸을 게 틀림없다.
(〈시간의 마신〉의 마안, 이라고 했어.)
상반신을 일으킨 사쿠야는 왼쪽 눈을 감싼 손을 뗐다.
몸은 아무 이상 없이 움직였다. 상처 또한 어느새 나았다.

(아니야. 이건…….)

나은 게 아니라, 복구됐다고 봐야 할 것이다.

〈마안〉과 융합한 신경이 온몸의 상처를 강제로 봉합했다.

(내 몸은, 대체 어떻게 된 걸까.)

몸을 일으키자, 격렬한 현기증과 거나하게 취한 듯한 감각에 휩싸였다.

세상이 이중, 삼중으로 겹쳐서 보였다.

(뭐야……. 이 눈── 불량품이잖아.)

이미 모습을 감춘 〈마왕〉을 향해 불평을 늘어놨다.

(뭐, 내 목숨을 건져준 것만으로도 감사해야겠지…….)

사쿠야는 〈올드 타운〉 쪽을 돌아봤다.

마을 곳곳에서 불길이 치솟고 있었다.

그 너머, 〈센트럴 가든〉의 상공에서는──.

샛별 같은 빛이 지상을 비추고 있었다.

사쿠야는 9년 전에 저 광경을 본 적이 있다.

(〈뇌신귀〉가, 해방……된 거야.)

다시 해방된 신을 다시 봉인하는 건, 간단한 일이 아니다.

9년 전에는 〈보이드 로드〉가 〈풍신귀〉와 융합하는 몇 시간 동안, 사쿠야와 세츠라가 둘이서 봉인했다. 〈오란〉의 땅이 아니라, 이 〈세븐스 어설트 가든〉의 〈마력로〉에 재봉인하는 것은 사쿠야 혼자선 도저히 불가능하다.

"언니……."

──그 사람은, 진짜로 언니인 걸까.

사쿠야와 마찬가지로 미즈카가미류 검술을 쓰고, 봉인된 〈뇌신귀〉를 해방했다.
(부활, 하기라도 한 거야?)
인간을 죽음에서 되살려내는 〈성검〉은, 제도에서도 확인되지 않았다.
하지만 〈마검〉의 능력 중에는 그런 것이 있을지도 모른다.
(그 사람이 진짜로 언니라고 치더라도, 그 목적은…….)
〈검귀중〉과 마찬가지로, 〈보이드 로드〉에게 복수하는 것, 일까——.
〈뇌신귀〉의 해방은 〈검귀중〉이 세운 계획의 제1단계에 지나지 않는다.
〈뇌신귀〉를 미끼 삼아서, 〈풍신귀〉를 흡수한 〈샤다르크 보이드 로드〉를 이곳에 불러낸 후, 〈마검〉의 힘으로 그자를 해치우는 것이 본래 목적이다.
막아야 한다.
〈검귀중〉이 〈보이드 로드〉를 해치울 수 있는지는 상관없다.
〈스탬피드〉가 발생했다간, 수많은 시민의 목숨이 희생되고 만다.
"가야만, 해……."
〈올드 타운〉에서는 간헐적으로 폭발과 불기둥이 일어나고 있었다.
(하지만 선배들이 저기에 있어.)
대처가 필요한 건, 〈센트럴 가든〉 상공에 있는 〈뇌신귀〉다.

〈마왕〉 졸 바디스는 이미 향하고 있을 것이다.

(내가 가세해 봤자 도움이 못 될지도 몰라. 하지만――.)

〈마왕〉과 싸워서 약해진 〈뇌신귀〉라면, 〈보이드 로드〉가 나타나기 전에 재봉인하는 게 가능할지도 모른다.

"〈성검〉…… 액티베이트!"

사쿠야가 허공을 향해 손을 뻗어서 〈성검〉―― 〈라이키리마루〉를 현현시켰다.

(〈액셀러레이트〉의 권능을 쓰면 늦기 전에 도착할 수 있어.)

――바로 그때, 사쿠야는 눈치챘다.

단련된 〈성검〉의 칼날에 비친, 자신의 얼굴.

왼쪽 눈이, 호박색으로 빛나고 있었다.

"이, 건……!"

또 현기증이 났다.

세계가―― 2중, 3중으로 겹쳐지면서 정보의 홍수가 사쿠야의 머릿속으로 밀려 들어왔다.

"크…… 아…… 크, 으윽……!"

신경이 파열되는 듯한 고통에, 사쿠야는 왼쪽 눈을 억눌렀다.

(방금, 그건…… 뭐야……?)

고통을 억누르기 위해 이를 악물면서, 호흡을 가다듬었다.

천천히 눈을 다시 뜨자, 겹쳐 보이던 세계가 하나로 돌아왔다.

(――이게, 〈시간의 마안〉…… 존재할 수 있는 미래의 가능성을 본…… 건가?)

다수의 미래. 가능성을 볼 수 있는 마안.

분기된 미래 중 하나를—— 사쿠야는 보고 말았다.

허무에 의한 파멸. 그 중심에 있는—— 새하얀 옷을 입은 소녀를…….

"큭, 언니……!"

◆

두우우우우우우우우우우우우우우웅!!

거인이 던진 번개의 창이, 〈센트럴 가든〉의 고층 빌딩을 꿰뚫었다.

벼락이 떨어진 듯한 굉음이 울려 퍼지더니, 도시의 빛이 일제히 사라졌다.

"역시 〈마신〉인가."

빌딩 위로 도약한 브라커스의 등에 앉은 레오니스가 중얼거렸다.

신으로 모셔지는 존재답게, 〈마신〉은 최상위의 힘을 지녔다.

"〈루미너스 파워즈〉의 종속신이었겠지만, 주인을 잃고 토지신이 된 거겠지."

"해치울 건가?"

"글쎄……."

레오니스는 잠시 대답을 보류했다.

봉인이 풀린 〈뇌신귀〉는 폭주 상태인 것 같았다. 〈마력로〉의 에너지로 이용되고 있는 점을 생각하면, 수호신으로서의 신격은 손상됐을 것이다.

저대로 계곡 폭주하게 두면, 〈센트럴 가든〉뿐만 아니라 〈성검학원〉의 부지도 막대한 피해를 볼 것이다.

"〈마신〉 하나 따위를 해치우는 건 일도 아니지만, 저건 〈마력로〉로 이용할 수 있지. 가능하면 멸하지 말고 손에 넣고 싶은걸."

레오니스는 가면을 쓴 채 자신만만한 웃음을 터뜨렸다.

언젠가 〈마왕군〉은 인류의 〈전술도시〉에 필적하는 이동형 요새를 건설할 예정이다.

〈네크로조아〉의 〈데스 홀드〉는 이동 기능이 없었기에, 솔직히 말해 베이라의 〈천공성(아주르 포트)〉과 아즈라 이르의 〈차원성〉이 부러웠던 것이다.

"매그너스 공, 저건 포기하는 게 좋을 것 같군."

"뭐?"

"저기를 봐라."

브라커스가 위쪽을 올려다 봤다.

——쩌적——쩌저적——쩌적——.

미쳐날뛰는 〈뇌신귀〉의 상공에, 무수한 균열이 생겨났다.

"〈보이드〉, 벌써 나타난 건가."

사쿠야의 말에 따르면, 〈오란〉의 잔당 〈검귀중〉의 목적은 〈풍신귀〉와 쌍을 이루는 신을 미끼 삼아서 고국을 멸망시킨 〈보이드 로드〉를 불러내는 것이라고 한다. 레오니스는 그 전에 신을 없애거나 〈그림자 왕국〉에 봉인할 예정이었지만——.

"어쩔 수 없지. 허무가 나타나기 전에, 〈오란〉의 신을 멸하도록 할까."

레오니스는 브라커스의 등에서 뛰어내린 후, 고층 빌딩 옥상에 섰다.

그리고 〈봉죄의 마장〉으로 발치를 두드리더니…….

"신의 권속이여, 소멸하라―― 〈극대말소주(極大抹消呪)〉."

제10계위의 파괴 마술이 작렬했다.

번개의 〈마신〉의 거대한 몸이, 어둠의 섬광에 휩싸였다.

"흥, 별것도 아니군."

"매그너스 공!"

브라커스가 날카롭게 외쳤다.

그 순간, 폭발 속에서 번개가 날아왔다.

"읏, 〈역장(力場)의 장벽〉."

레오니스는 즉시 한 손을 내밀면서 주문을 영창했다.

손바닥에 출현한 장벽이 번개를 튕겨냈다.

"쳇, 전성기 때의 마력이라면 일격에 해치웠을 텐데."

레오니스는 혀를 찼다. 인간의 몸으로 전생한 지금의 마력은 전성기에 비하면 3분의 1에 지나지 않았다.

"뭐, 좋다. 이번에야말로 없애 주지――."

그리 말하며, 다시 〈멜드 가이즈〉의 주문을 영창했다.

이번에는 〈봉죄의 마장〉을 이용한 부스트 버전이다.

"사라져라!"

쿠우우우우우우우우우우우우우우웅!!!

귀가 먹먹해질 정도의 굉음이 발생했다. 이번에도 어둠의 섬광이 허공에 작렬했다.

아무리 〈마신〉일지라도, 버텨낼 수 있을 리가 없다.

"사쿠야에게는 좀 미안한 짓을 했는걸."

어쩔 수 없었다고는 해도, 〈오란〉의 수호신을 소멸시킨 것이다.

바로 그때――.

――쩌적――.

"아니?"

폭발의 중심지에서, 허공의 균열이 생겨났다.

――쩌적――쩌저적――쩌적――.

〈뇌신귀〉가 있던 공간이 깨지더니, 뭔가가 기어 나왔다.

"저게, 뭐냐……!"

브라커스는 으르렁거리는 듯한 목소리를 냈다.

그것은 팔――이었다.

허공에서 튀어나온 인간의 팔이, 〈뇌신귀〉의 목을 움켜잡았다.

"매그너스 공――."

"그래……!"

본능적으로 위험을 감지한 레오니스는 즉시 공격 마술을 영창했다.

비 라 즈 오 샤 리 아 노 스
"――〈극대중파(極大重波)〉, 〈빙열연참(氷烈連斬)〉, 그리고
아 르 그 베 르 제 르 가
〈극대소멸화구(極大消滅火球)〉!"

다른 속성의 제8계위 마술을 연이어 쐈다.

쿠우우우우우우우우우우우우웅!!

마술은 정통으로 명중했다. 하지만——.

"큭, 무효화……됐어?!"

레오니스는 이를 악물었다.

허공에서 튀어나온 팔에는 상처 하나 나지 않았다.

크, 르—— 오오오오오오오오오오오오오!!

목을 잡힌 〈뇌신귀〉가, 단말마의 포효를 토했다.

——그리고, 번개를 두른 그 거대한 몸이 허공에 생긴 균열에 삼켜졌다.

"매그너스 공…… 온다……!"

브라커스가 경고의 목소리를 냈다.

〈오란〉의 신이 완전히 소멸한 후, 그 자리에 생겨난 균열이 크게 벌어졌다.

그 허무의 균열 너머에서—— 그것이 모습을 드러냈다.

……오…… 오오오…… 오오오오오■■■■■——!

그것은, 거대한 짐승의 하반신과 인간의 상반신을 붙인 듯한 모습을 하고 있었다.

여덟 개의 다리와 여덟 개의 팔을 지닌, 반인반수의 괴물이다.

찬란히 빛나는 황금색 머리카락. 조각상을 연상케 할 만큼 새하얗고 아름다운 외모.

"말도, 안 돼……!"

레오니스는 얼이 나간 채, 그 자리에 멍하니 서 있었다.

저 괴물의 상반신을 구성한 존재는, 짚이는 데가 있었다.
"크, 이익…… 네놈마저, 〈보이드〉 따위가 되어버린 건가."
——아니, 그 가능성을 고려해야만 했다.
〈대현자〉라 불린 아라키르 데그라지오스, 그리고 〈성녀〉라 불린 티아레스 리자렉티아마저도 〈보이드〉로 변모했다.
그자마저도 허무에 삼켜졌다 해도, 전혀 이상할 게 없다.
〈육영웅〉 최강의 〈검성〉—— 샤다르크 신 이그니스.
"싸우는 건 이번으로 일곱 번째인가, 내 스승이여."
〈봉죄의 마장〉을 손에 쥔 레오니스는 야유하듯 말했다.

◆

"하아아아아아앗!"
리세리아는 기합성을 내지르며 내달렸다.
다리에 모은 마력을 단숨에 해방하며, 도약했다.
진홍색으로 빛나는 〈블러디 소드〉를, 〈보이드〉를 향해 휘둘렀다.
서걱—— 거인의 팔이 절단되면서, 허공에서 춤췄다.
——■■■■■■■■■!!!
〈보이드〉가 광란의 절규를 토하며, 그 거대한 몸을 휘둘렀다.
다리를 깨물고 있던 그림자 늑대 두 마리가 그대로 짓이겨져서 소멸했다.
거구로 펼치는 폭풍 같은 공격을, 리세리아는 몸을 숙여서 피했다.

블러드 체인

"〈혈진박쇄(血陣縛鎖)〉!"

자신의 피에 마력을 주입해 사슬로 만든 후, 그것으로 거인의 팔을 휘감았다.

"하앗——."

그리고 숨을 내뱉으며 〈성검〉을 휘둘렀다. 일직선으로 그어진 검광이, 한밤의 어둠 속에서 반짝였다.

——하지만 거대한 〈보이드〉에 치명상을 입힐 수는 없었다.

(큭, 강해……. 랭크 A인 〈타입 오거〉 이상이야——.)

원래라면 소대 단위의 전력으로만 격파할 수 있는 존재다. 이 거인을 혼자서 격파할 수 있는 건, 학교 내에서도 상위 랭크인 상급생 혹은 사쿠야뿐이리라.

(내가 막아야만 해——.)

셸터로 도망친 시민을 지킬 사람은 자신뿐이다.

6년 전과는, 〈성검〉의 힘을 지니지 못했던 그 시절과는——다르다!

〈보이드〉가, 거대한 팔을 힘에 의존해 휘둘렀다.

지면이 깨지더니, 건축자재가 둘을 향해 쏟아져내렸다.

이비 이레

"꿰뚫어라, 어둠의 번개여——〈흑뢰〉!"

리세리아는 거리를 벌리면서, 배운 지 얼마 안 된 공격 마술을 펼쳤다.

지구전이다. 히트 앤드 어웨이를 되풀이하며, 서서히 해치우자.

(학교의 부대가 도착할 때까지, 나 혼자서 셸터를 지키겠어.)

거인 타입 〈보이드〉가 팔을 치켜들더니, 울부짖었다.

"어?!"

리세리아는 깜짝 놀라며 눈을 치켜떴다.

〈보이드〉의 손에 빛의 입자가 모여들더니, 거대한 도끼가 현현됐다.

"〈보이드〉가, 무기를……?!"

무기를 생성하는 〈보이드〉. 학교의 데이터에는 그런 개체가 존재하지 않는다.

게다가, 저것은 마치――.

(우, 우리의 〈성검〉과, 똑같은――.)

――아니다. 다르다. 〈성검〉은 저렇게 흉흉한 독기를 뿜지 않는다.

최근에 저것과 비슷한 것을, 리세리아는 본 적이 있다.

(라이엇 선배의 〈마검〉――!)

도끼를 손에 쥔 〈보이드〉가, 건물 잔해를 걷어차며 돌진했다.

(빨라!)

순식간에 거리를 좁힌 후, 도끼를 휘둘렀다.

리세리아는 〈블러디 소드〉의 칼날로 쳐냈지만――.

"크……윽……!"

거인이 힘에 맡겨 휘두른 도끼에 밀려나더니, 그대로 튕겨 날아갔다.

〈보이드〉는 공격의 기세를 늦추지 않았다. 이번에는 수평으로 도끼를 휘두르며 공격을 날렸다.
도끼의 칼날이 붉게 타오르더니, 뿜어져 나온 불꽃의 파도가 리세리아를 덮쳤다.
리세리아는 반사적으로 〈블러디 소드〉를 지면에 꽂았다.
피의 칼날이 그녀의 온몸을 감싸더니, 붉게 타오르듯 빛났다.
그리고——.
다음 순간. 아름다운 진홍색 드레스가 리세리아의 몸을 감싸고 있었다.
——〈진조의 드레스〉. 레오니스가 준, 전설급 장비다.
백은색 머리카락이, 마력의 빛을 띠며 옅게 빛났다.
리세리아가 왼손을 내밀었다. 그녀의 손바닥에 흉흉한 마술법진이 떠올랐다.
데이 파르가
"사라져버려——〈주마섬광(呪魔閃光)〉!"
리세리아가 현재 쓸 수 있는, 최강의 제2계위 마술이다.
진홍색 섬광이 작렬하면서, 불꽃의 파도를 상쇄시켰다.
하지만, 〈보이드〉는 맹공을 멈추지 않았다. 불꽃의 파도를 뿜는 것과 동시에 돌진해왔다.
"하아아아아아아아아아앗!"
리세리아의 온몸에서 마력광이 뿜어져 나왔다.
〈블러디 소드〉를 양손으로 쥐고, 〈보이드〉가 날린 일격을 마력으로 막아냈다.
"큭, 이……게!"
〈성검〉을 쥔 팔이, 저리기 시작했다.

〈진조의 드레스〉는 착용자의 신체 능력을 대폭 증폭시켜주는 대신, 막대한 마력을 소모하는 양날의 검이다. 단기 결전으로 해치우지 않았다간, 패배를 피할 수 없다.

(평범한 〈보이드〉가, 아니야……!)

리세리아는 연이어 날아오는 도끼 공격을 겨우겨우 피하며, 입술을 깨물었다.

거인 타입 〈보이드〉의 몸놀림은 마치 무술을 갈고닦은 달인 같았다.

"하아아아아아앗!"

리세리아는 휘몰아치는 폭풍 같은 공격을 받아내면서, 거인의 품속으로 뛰어들었다.

"큰 꽃처럼, 활짝 피어라. 〈혈화열참(血華烈斬)[블러드 베인]〉!"

마력이 깃들어서 진홍색으로 빛나는 〈블러디 소드〉의 칼날.

휘몰아치는 피의 칼날이 〈보이드〉의 온몸을 난도질했다——!

(이대로 공격을 퍼부어서 압도하자!)

진조의 드레스가 열풍에 휘날렸다.

리세리아는 〈보이드〉의 핵을 노리며 일격을 날렸다. 하지만——.

——■■■■■■■■■■!!!

〈보이드〉가 포효를 지르면서, 〈마검〉을 휘둘렀다.

격렬한 불길이 뿜어져 나오더니, 리세리아를 덮쳤다.

불꽃은 〈언데드〉의 권속인 리세리아에게 치명적인 속성이다.

그 점은 최고위인 〈뱀파이어 퀸〉일지라도 변함없다.

"윽!"

공중에서 마력을 뿜어서 겨우겨우 피한 리세리아는 뒤편으로 몸을 날려서 거리를 벌렸다.

불꽃이 넘실거리며 눈앞의 공간을 훑고 지나갔다. 그리고 지면을 핥듯이 기면서 집요하게 쫓아왔다.

(윽, 위험해!)

불꽃이 리세리아의 몸을 삼키려 했다. 그 순간——.

——한 줄기 섬광이, 눈앞의 지면을 쓸어버리듯 갈랐다.

쿠아아아아아아아아아아앙!!

폭발. 대량의 흙먼지와 건물 파편이 불꽃의 파도에 삼켜졌다.

"윽!"

리세리아가 고개를 들자——.

그 머리 위에는 찬란한 빛을 뿜는 〈아이 오브 더 위치〉가 떠 있었다.

"피네 선배!"

『세리아, 엄호할게!』

〈아이 오브 더 위치〉가 회전하면서, 〈보이드〉를 향해 섬광을 뿜었다.

그 섬광은 도끼를 쥔 〈보이드〉의 팔을 정확하게 꿰뚫었다.

(큭, 지금이야!)

리세리아가 지면을 박찼다.

자욱한 흙먼지 안을, 날듯이 가르며 쇄도했다.

〈뱀파이어 퀸〉의 마력을 〈블러디 소드〉에 모으더니——.

"하아아아아아아아아아아아아아앗!"

도약. 그리고 그 기세 그대로, 거인의 가슴에 진홍색 칼날을 찔러넣었다.

그리고——.

블러드 블레이드
"〈혈화수라(血華修羅)〉!"

칼날에 모은 마력을, 한꺼번에 해방했다. 거인의 내부에서 피의 칼날이 폭풍처럼 휘몰아쳤다.

쿠우우우우우우우우웅——. 〈보이드〉의 거대한 몸뚱이가 쓰러졌다.

"하아, 하아…… 하아……. 덕분에 살았어요, 피네 선배."

『설마 〈보이드〉가, 〈마검〉을 쓰다니——.』

——바로 그때였다.

쩌적——하고, 유리가 갈라지는 소리가 주위 일대에 울려 퍼졌다.

"읏?!"

리세리아가 하늘을 올려다봤다.

〈세븐스 어설트 가든〉 상공에, 거대한 균열이 생겨났다.

"읏. 허공의 균열—— 그것도 저렇게 큰 게……?!"

리세리아는 저것과 같은 것을 본 적이 있다.

6년 전. 〈서드 어설트 가든〉을 덮친, 〈스탬피드〉의 전조——.

——■■■■■■■■■!!!

쓰러져 있던 〈보이드〉가 갑자기 눈을 치켜뜨더니, 몸을 일으켰다.

"큭, 아직도 움직이는 거야?!"

리세리아는 즉시 〈성검〉을 치켜들었지만——.

거인 타입 〈보이드〉는 그대로 도약하더니, 건물 위로 올라갔다.

그리고 〈센트럴 가든〉 방향으로 진격하기 시작했다.

『세리아, 〈올드 가든〉의 〈보이드〉가 일제히 이동하기 시작했어.』

"어떻게 된 건가요?!"

『몰라. 하지만 〈센트럴 가든〉에서, 무슨 일이 일어난 게 분명해——.』

그 순간, 리세리아의 심장이 크게 뛰었다.

마치, 무언가를 경고하는 것처럼…….

왠지, 가슴이 술렁거렸다.

"선배, 저는 〈센트럴 가든〉으로 향하겠어요!"

『——뭐? 저기, 세리아——.』

리세리아는 지면을 박차며 날아올랐다.

◆

——샤다르크 보이드 로드.

허공의 균열에서 나타난, 〈육영웅〉의 〈검성〉.

〈오란〉의 〈풍신귀〉를 먹어치우고, 〈마왕〉 중 한 명인 〈귀신왕〉 디졸프 조아와 융합하며 진화를 거듭한 그 모습은 9년 전과

완전히 딴판이었다.
원형이 남아 있는 건, 한쪽 눈을 잃은 아름다운 얼굴뿐이다.
그리고 현재 그 괴물은 〈오란〉의 나머지 신마저 자기 몸 안에 집어삼켰다.
제 Ⅱ 에어리어에 인접한, 제 Ⅲ 에어리어의 적층형 구조물 위에서——.
세츠라는 그것이 완전히 모습을 드러내는 순간을 기다렸다.
새하얀 옷의 품속에서, 검정 삼각뿔 모양의 결정체를 꺼냈다.
〈허무의 근원〉 트라페조헤드론—— 1000년 전 소멸한, 〈여신〉의 조각.
그것 자체는 마력도 지니지 못한, 일개 돌에 지나지 않는다.
하지만 그것이 그릇에 적합하면, 〈여신〉의 영혼을 전생시키는 그릇이 된다.
세츠라의 역할은 〈육영웅〉 샤다르크를 불러서, 여신의 그릇으로 만드는 것이다.
그리고 〈검귀중〉은—— 〈여신〉을 각성시키기 위한 〈마검〉의 제물이다.
——하지만. 이레귤러 사태가 발생했다.
샤다르크와, 누군가가 싸우고 있다.
아까 세츠라의 앞에 나타났던, 가면을 쓴 남자다.
(이미 사라진, 고대의 마술을 쓰는 자…….)
아까부터, 어마어마한 위력의 마술을 연이어 날리고 있다.
네파케스는 이 〈세븐스 어설트 가든〉에 무언가가 숨어 있다고 경고했다.

〈대현자〉 아라키르를 소멸시킨 존재가 있다고——.

어쨌든 괴물들이 교전 중인 이 상황에서는 다가갈 수 없다.

세츠라는 〈여신〉의 조각을 손에 쥔 채, 기회를 엿볼 뿐이다.

——바로 그때, 등 뒤에서 기척이 느껴졌다.

"언니——."

뒤를 돌아보았다. 그곳에는 〈성검〉을 손에 쥔 무녀복 차림의 소녀가 있었다.

사쿠야 지클린데.

자신과는 피를 나눈 자매——였던 것 같다.

확실히, 외모는 판박이처럼 똑같았다.

"움직일 수 있을 만한 상처가 아니었을 텐데?"

세츠라는 당연한 의문을 입에 담았다.

"거래를 했어."

"거래?"

소녀는 그 의문에 답하지 않더니, 〈성검〉을 치켜들었다.

"여기에 있다는 걸, 어떻게 알았지?"

"언니가, 여기 있는 게 보였으니까——."

"뭐?"

소녀는, 앞머리를 살짝 쓸어올렸다.

——그러자, 호박색으로 빛나는 눈동자가 드러났다.

"그 눈은——."

그 순간. 뇌광이 번뜩이더니, 사쿠야의 모습이 사라졌다.

제10장 성검 각성

Demon's Sword Master of Excalibur School

“스승이여, 잠시 안 본 사이에 참으로 변했는걸.”

허공의 균열에서 모습을 드러낸, 이형의 괴물.

그것은 한때 인류의 영웅으로 불린 남자였다.

하반신은 이형의 신들과 융합해서, 영웅 시절의 원형을 유지하고 있지 않았다.

하지만 저 아름다운 얼굴만은, 유구한 세월이 흘렀는데도 변함이 없었다.

“내가 뭉갠 한쪽 눈은, 그대로인가.”

얼마든지 재생할 수 있을 텐데도, 그러지 않는 데는 이유가 있을까——.

레오니스는 알 수 없었다.

오, 오오오오오오오오오오오……!

그 허무의 왕이, 빌딩 옥상에 서 있는 레오니스를 눈치챈 것 같았다.

“음, 나를 알아보는 건가?”

〈대현자〉 아라키르 데그라지오스는 허무에 이성이 잠식당하고도 레오니스의 존재를 인식했다. 샤다르크 또한, 철천지원수만은 기억하고 있는 것일까.

(——아니, 그렇지 않나.)

한때 영웅이었던 존재의 한쪽 눈에는, 아무것도 비치지 않았다.

그저 〈언데드 킹〉이라는 강대한 존재를 본능적으로 감지했으리라.

——〈언데드 킹〉과, 〈검성〉의 해후.

그것은, 누군가가 미리 써둔 시나리오일까?

아니다. 레오니스가 여기 있는 것은 아무도 모른다.

"스승이여. 여기서 너와 싸우게 된 것은 인과의 인도일지도 모르겠군."

레오니스는 가면을 쓴 채 빈정거리듯 웃더니, 〈봉죄의 마장〉을 내밀었다.

"네게 멸망한 〈네크로조아〉, 네 손에 죽은 내 심복들, 1000년 만의 회한, 전부 지금 이 자리에서 씻어내 주마!"

레오니스는 고함을 지르는 것과 동시에, 극대 파멸 주문——〈암옥폭렬광(闇獄爆裂光)〉을 펼쳤다.

쿠아아아아아아아아앙!!

대기가 떨렸다. 암흑의 극광이 터지더니, 주위의 빌딩을 집어삼키며 작렬했다.

"흣. 자명종치고는 좀 자극이 강했——아니?!"

반짝이는 빛의 장벽이 샤다르크를 감싸고 있었다.

최강급 파괴 주문을 맞고도, 상처 하나——아니, 그을음조차

묻지 않았다.

"큭, 성 속성의 마술?!"

경악한 레오니스는 눈을 치켜떴다.

조금 전에 연이어 날린 공격 마술을 튕겨낸 것도, 저 빛의 장벽인 건가――.

"묘한걸. 〈검성〉은 그 어떤 마술도 못 썼을 텐데……."

브라커스가 낮은 목소리로 중얼거렸다.

"그래. 녀석은 항상 검술에만 의존했지."

"마술의 힘을 흡수했다는 건가……."

〈육영웅〉은 영원히 진화하는, 궁극의 생명체다. 불사의 〈신성수〉를 흡수한 대현자처럼, 강력한 마술을 다루는 신의 권속을 잡아먹은 것이리라.

"좋다. 정 그렇다면 놈의 마력이 바닥날 때까지, 주문을 쏟아부어 주지!"

"매그너스 공, 그건 승산이 큰 도박이 아니다."

"어째서지?"

"그대의 지금 그릇이 인간이라는 것을 잊은 건가?"

"……."

신뢰하는 전우가 충고해 주자, 레오니스는 입을 다물었다.

그렇다. 현재 레오니스는 전생에 실패해서, 용사 시절의 육체로 되돌아갔다.

그 마력 용량은 언데드였던 전성기에 비해, 크게 줄어들었다.

애초에 원래의 레오니스의 마력이었다면, 상성이 나쁜 성 속성 방벽일지라도 간단히 꿰뚫었을 것이다.

"큭. 이 내가, 마술에서 뒤지다니——."

"온다!"

브라커스가 경고했다.

샤다르크가 지닌 여덟 개의 팔이 빛나더니, 각각의 팔에 무기가 현현됐다.

"검이 두 자루, 창, 활, 낫. 방패——인가. 전부 〈전설급〉 이상의 무기인걸."

뇌광을 두른 창과 바람을 두른 롱소드는 아마 〈오란〉의 신 〈뇌신귀〉와 〈풍신귀〉가 소지하던 무기일 것이다.

——오오오오오오오오오오오오오!!

포효를 토한 샤다르크가 뇌광의 창을 던졌다.

"브라커스!"

레오니스가 브라커스의 갈기를 움켜쥐었다.

쿠아아아아아아아아앙!!

뇌광의 창이, 레오니스가 서 있던 빌딩에 정통으로 명중했다.

중심부에 커다란 구멍이 뚫린 빌딩은 눈사태가 일어난 것처럼 붕괴했다.

"큭, 〈신화〉급의 무기를 아무렇지 않게 내던져버리는 건가!"

"입을 놀리다간 혀를 깨물 거다, 매그너스 공——."

브라커스는 낙하하는 무수한 건물 파편을 박차며, 징검다리를 건너듯 이동했다.

레오니스는 한 손으로 갈기를 움켜쥔 채, 주문을 영창했다.

"〈폭렬주탄(爆裂呪彈)〉!"

머리 위편을 향해, 제3계위의 주문을 날렸다.

낙하하는 빌딩 파편을 분쇄해서, 시야를 가렸다.

부웅——!

——바로 그때, 거대한 물체가 레오니스의 옆을 가르며 지나갔다.

"아니?!"

두우우우우우우우우우우웅!!

지상에 명중한 그것은, 어마어마한 대폭발을 일으켰다.

(크, 저 멍청이! 〈영웅급〉 방패——〈이지스〉를 던진 거냐!)

레오니스는 마음속으로 상대를 비난했다.

역시 괴물 천지인 〈육영웅〉 중에서도 차원이 다른 괴물이다.

(애초에 저 괴물을 〈검성〉으로 부르는 것 자체가 잘못이지.)

〈검성〉으로 불렸지만, 저 대영웅이 다룰 줄 아는 무기는 검만이 아니다. 온갖 무기의 진수를 깨우친 것이다.

브라커스는 지상에 착지했다. 그리고 쏟아지는 건물 파편을 피하며 내달렸다.

한순간이라도 걸음을 멈췄다간, 상대가 던진 무기에 꿰뚫리고 말 것이다.

(저놈의 무기가 저게 다일 리가 없어——.)

"매그너스 공, 이대로 계속 피하기만 하는 건 아무리 나라도 어려울 것 같다만——."

"나도 안다."

레오니스는 〈마왕〉의 가면을 쓴 채 어금니를 깨물었다.

시가지에 사이렌 소리가 울려 퍼졌다. 이 근처 시민은 〈뇌신귀〉가 하늘에 나타나자마자 지하로 대피한 것 같지만, 문제는 〈성검학원〉이다.

여기에 〈성검사〉 부대가 파견되면, 막대한 피해가 발생할 것이다.

(〈다인슬레이프〉라면, 놈을 일격에 해치울 수 있지만…….)

최강이자 비장의 카드는, 레오니스에게 있어 양날의 검이기도 했다.

그 〈마검〉을 뽑는 순간, 레오니스의 마력은 겨우 십여 초 만에 바닥나고 만다. 그렇기에, 〈다인슬레이프〉는 일격필살의 순간에만 뽑을 수 있다.

하지만 상대는 바로 그 〈검성〉이다.

(아라키르를 해치웠을 때처럼은 안 되겠지.)

하지만——.

또 무기를 던졌다. 이번에는 도끼다.

회전하는 도끼가 고층 빌딩을 한꺼번에 베어 넘기면서 지면에 꽂혔다.

~~쿠우우우우우우우우우우우우~~웅!!

지면에 마력 공급 파이프가 있었는지, 격렬한 폭발이 발생했다.

(큭, 이대로 가다간 쓸 수밖에 없나.)

레오니스는 〈마왕〉의 가면과 외투를 벗어 던졌다.

어둠이 걷히자, 학교의 교복 차림으로 되돌아갔다.

마력을 은폐한 상태에서, 이길 수 있는 상대가 아니다.

"스승이여, 내 얼굴을 기억하나——!"

하늘을 올려다보며, 울부짖었다.

샤다르크는 레오니스의 소년 시절 얼굴을 아는 몇 안 되는 인물이다.

어쩌면, 어떤 식의 반응을 보일 거라고 생각했지만——.

그 아름다운 얼굴에는 아무런 변화도 일어나지 않았다.

"칫, 완전히 먹혀버렸나. 아라키르는 내 얼굴을 알아봤는데 말이지."

레오니스는 〈봉죄의 마장〉의 자루 부분에 손을 댔다. 이 자리에서 〈마검〉을 휘두르면 〈세븐스 어설트 가든〉에도 상당한 피해가 발생하지만, 어쩔 수 없다.

레오니스는 브라커스의 갈기를 놓더니, 지면에 내려섰다.

그대는 하늘에 반역하고자 태어난 세계를 멸하는 검

——그대는, 하늘에서 내려받은, 세계를 구하는 검.

레오니스는 천천히 〈마검〉을 뽑으려다——.

"아니?!"

그 손을, 멈췄다.

"매그너스 공, 왜 그러지——."

"어, 어째서냐! 〈다인슬레이프〉를—— 뽑을 수가 없어!"

레오니스는 온 힘을 다했지만, 〈마검〉은 뽑힐 기미가 없었다.

레오니스가 움직임을 멈춘, 바로 그때——.

"또 온다, 매그너스 공!"

바람을 가르며, 불꽃을 두른 검이 날아왔다.

◆

"하아아아아아아앗!"

자전일섬(紫電一閃). 사쿠야가 〈라이키리마루〉의 칼날을 그대로 휘둘렀다.

키이이이이이이이이잉――!

허리에서 반대쪽 어깨를 향해 휘두른 그 엄청난 속도의 일격을, 세츠라는 〈성검〉의 칼날로 받아냈다.

"소용없어. 너는 나한테 못 이겨."

"과연―― 그럴까!"

사쿠야는 더욱 파고들며 공세를 펼쳤다. 불똥이 튀며, 칼날이 갈리는 소리가 울려 퍼졌다.

"건방져――."

세츠라의 〈성검〉이 반짝이더니, 그 칼날이 마풍을 둘렀다.

(큭, 이 타이밍에, 보는 거야!)

사쿠야는 〈시간의 마안〉에 신경을 집중했다.

그러자, 눈동자가 호박색으로 빛났다. 그와 동시에, 사쿠야의 세계가 분기됐다.

신경 전달 속도의 초가속으로, 찰나의 시간이 무한한 시간으로 변했다.

슈퍼 슬로 모션인 세계에서, 뇌리에 새겨진 막대한 정보――

가능성의 미래.

확실한 죽음의 미래가 넷. 살아남는 미래가── 하나.

수천만 분의 1의 세계에서, 사쿠야는 단 하나뿐인 그 가능성을 거머쥐었다.

칼날을 맞댄 상태에서 몸을 숙인 후── 칼에서 손을 뗐다.

"아니?!"

세츠라가 진홍색 눈을 치켜떴다.

휘몰아치는 마풍이 허공을 찢어발겼지만, 사쿠야는 이미 그 자리에 있지 않았다.

세츠라의 품속으로 파고들어서, 한 손을 내밀더니──.

"이리 와── 〈라이키리마루〉!"

허공에 내버려둔 〈성검〉을 불렀다.

손가락 끝에서 전자력이 뿜어졌다. 다가온 칼을 손에 쥔 후, 그대로 파고들면서 일격을 날렸다.

"윽!"

칼날 끝이, 세츠라의 볼을 벴다.

더욱 파고들면서, 사선으로 칼을 내리그었다.

(윽!)

그 순간. 사쿠야는── 봤다.

두 가지 죽음의 가능성. 눈앞의 세츠라는── 바람의 잔상이다.

휘잉── 하고, 바람 소리가 들려왔다.

세츠라는, 등 뒤에 있었다.

만약 몸을 젖히지 않았다면, 저 칼날이 목에 닿았을 것이다.

사쿠야는 지면을 박차면서, 뒤로 도약했다.

세츠라는 〈성검〉을 휘둘러서 바람의 칼날을 날렸다.

(큭——!)

왼쪽 눈에서 타들어 가는 듯한 통증이 느껴졌다. 그래도 무시하며 〈마안〉을 기동했다.

미세하게 몸을 젖히면서, 일곱 개나 보인 죽음의 가능성을 회피했다.

(큭, 눈을 뜻대로 제어할 수가 없어.)

연이어 사용하기에는, 눈에 가해지는 부담이 너무 막대했다.

〈마안〉은 결정적인 타이밍에만 써야 할 것이다.

——하지만, 이 상대는 그럴 수가 없었다.

상대가 펼치는 거의 모든 공격이, 죽음의 가능성을 내포하고 있었다.

"어째서, 살아있는 거야?"

"그건, 내가 해야 할 말이야."

9년 전에 죽은 언니에게, 비아냥 섞인 대꾸를 했지만…….

"네 기량으로는 이미 세 번은 치명상을 입었어야 해. 하지만 너는 그 운명을 비틀어서, 아직도 거기 서 있어."

세츠라는 진심으로 이상하다는 듯이 고개를 갸웃거렸다.

"〈마검〉은, 쓰지 않는 거야?"

"비장의 수거든."

사쿠야는 거짓말을 했다.

〈야미치도리〉가 아니라 〈액셀러레이트〉의 권능을 지닌 〈라이키리마루〉만이, 〈마안〉의 힘을 최대한 활용할 수 있다. 잠시 후에 펼쳐질 미래의 가능성을 알 수 있다 한들, 자신이 대응할 속도로 움직이지 못해서는 의미가 없는 것이다.

욱신거리는 왼쪽 눈을, 한 손으로 감쌌다. 〈마안〉을 쓸 수 있는 건, 앞으로 한 번 정도가 한계이리라.

"얕보였는걸."

세츠라는 마풍의 검을 상단 자세로 들었다.

그 칼날이 눈부시게 빛나더니, 맹렬한 폭풍우가 휘몰아쳤다.

"미즈카가미류 검술—— 〈풍마일섬(風魔一閃)〉!"

세츠라의 모습이 바람처럼 사라지더니——.

다음 순간, 사쿠야의 눈앞까지 칼날이 밀어닥쳤다.

◆

쿠우우우우우우우우우우우웅!!

불꽃의 검이 강철로 된 지면을 쪼개자, 대폭발이 일어났다.

레오니스는 즉시 마술 장벽을 펼쳐서, 휘몰아치는 불꽃으로부터 몸을 지켰다.

"이거, 큰일났는걸——."

레오니스는 마장을 움켜쥔 채, 낮은 신음을 흘렸다.

어째서 〈다인슬레이프〉를 뽑을 수 없는 걸까——.

지면에 꽂힌, 무수한 무기를 본 순간——.

(윽, 설마——!)

레오니스는 어떤 가능성을 눈치챘다.

샤다르크가 신을 포식하고, 그들의 무기를 손에 넣었다면…….

"이, 이 자식, 설마 〈마왕〉을 먹은 것이냐?!"

레오니스는 하늘을 올려다보며 고함을 질렀다.

그렇다. 만약 그가 〈마왕〉을 흡수했다면, 〈마검〉을 뽑지 못하는 게 당연했다.

〈용왕〉 베이라와 싸우면서 그 힘을 쓸 수 없었던 것과 마찬가지로——.

〈다인슬레이프〉에는 〈마왕〉에게 그 힘을 쓰지 못하도록, 〈여신〉이 제약을 걸어둔 것이다.

(이익…… 어떤 얼간이가 잡아먹힌 거냐!)

레오니스는 샤다르크가 아니라, 잡아먹힌 〈마왕〉을 향해 분노를 터뜨렸다.

〈수마왕〉 가조스일까, 〈귀신왕〉 디졸프일까—— 〈해왕〉은 아닐 테지만…….

(아니, 지금 중요한 건 그런 게 아니야!)

비장의 카드인 〈다인슬레이프〉를 쓸 수 없다면 남은 건 〈디 아크 세븐스〉 뿐이지만, 조르그스타 메제키스는 베이라와 싸우면서 파손되고 말았다.

혹은, 리스크를 각오하며 세 번째 권속을 깨워야 할까——.

아니, 그것은 상황을 악화할 뿐이다. 애초에 봉인을 풀 시간적 여유는 없다.

척── 하며, 샤다르크가 지면에 내려섰다.

"윽?!"

말과 흡사한 여덟 개의 다리가, 지면을 디뎠다.

레오니스와는 거리가 상당히 떨어져 있지만, 엄청난 압력이 느껴졌다.

식은땀이, 볼을 타고 흘러내렸다.

(설마, 내가 겁먹은 건가. 최강의 〈언데드 킹〉인 내가──.)

레오니스는 자조하듯 웃었다.

(내가, 이길 수 있을까? 저 괴물에게──.)

레오니스 데스 매그너스는 무패의 〈마왕〉은 아니다.

〈마왕〉으로 다시 태어난 직후에는 가장 약한 〈마왕〉이었다.

당연했다. 마력의 용량은 다른 〈마왕〉을 능가했지만, 원래부터 있던 용사의 힘을 잃었으며, 수하도 자신의 사령술로 창조해야만 했다.

〈용왕〉이나 〈수마왕〉처럼 강한 종족의 힘도 없고, 〈귀신왕〉처럼 강대한 군대를 거느리고 있지도 않았다. 최강의 〈마왕〉이라는 칭호에 걸맞은 건, 〈해왕〉 리바이즈 딥 시였다.

하지만 레오니스는 패배하고 다시 살아날 때마다, 강해졌다.

마술을 습득하고, 탐욕적으로 지식을 흡수하며, 부하를 강화했다.

성장하는 〈언데드〉── 인류에게, 그 정도로 무시무시한 존재도 없을 것이다.

그런 레오니스의 경험이, 고했다.

——지금은 이길 수 없다고.

"매그너스 공, 일시 퇴각이 어떻겠나."

브라커스가 그런 의견을 내놨다.

"……."

——하지만, 레오니스는 마장을 쥔 채 꿈쩍도 하지 않았다.

퇴각은 이 〈세븐스 어설트 가든〉을 버린다는 뜻이다.

레오니스 자신이 〈왕국〉으로 규정한 이 도시를 버린다면, 〈다인슬레이프〉는—— 〈마검〉에 남아 있는 로제리아 이슈타리스의 유지는, 레오니스를 버릴 것이다.

과거에 인류의 군세에 유린당한 〈네크로조아〉의 광경이, 뇌리에 떠올랐다.

제18소대의 동료. 고아원 아이들. 부하인 〈낭마중〉——.

그리고 권속 소녀, 리세리아의 얼굴이…….

오오오오오오오오오오오오오오오오!!

샤다르크가 포효했다.

하늘에 생긴 거대한 균열에서, 〈보이드〉가 차례차례 기어 나왔다.

몇 달 전의 〈스탬피드〉. 혹은 9년 전에 〈오란〉을 멸망시킨 재앙의 재현——.

레오니스는 작게 한숨을 내쉬었다.

"퇴각은 하지 않겠다, 브라커스."

"……."

"나는—— 이 〈왕국〉을 다스리는 〈마왕〉이거든."

"그런가."

브라커스는 고개를 들더니, 황금색 눈으로 레오니스를 응시했다.

"그럼, 나도 너와 함께하지."

"미안하다, 친구여――."

브라커스는 칠흑색 불꽃으로 모습을 바꾸더니, 레오니스의 몸에 깃들었다.

고유 마술――〈흑제랑영개(黑帝狼影鎧)〉(블랙 타이런트).

브라커스의 힘을 몸에 깃들게 해서, 신체 능력을 대폭 상승시키는 마술이다.

레오니스는 마장을 치켜들며, 샤다르크에게 말했다.

"덤벼 봐라, 인류 최강의 영웅이여. 이 〈언데드 킹〉이 상대해 주마."

◆

마풍의 칼날이 사쿠야의 심장을 도려내려고 한 그 순간――.

"미즈카가미류 검술――〈자전일섬〉!"

사쿠야는, 〈마안〉이 보여준 미래를 향해 칼날을 휘둘렀다.

무수한 미래의 가능성이, 단 하나로 수렴되더니――.

"커……억……!"

심장을 도려내려던 칼날이, 희미하게 빗나가면서――.

세츠라의 칼이, 사쿠야의 어깨를 깊숙이 꿰뚫었다.

세츠라는——.

"무승부, 일……까——."

사쿠야가 귓가에서 속삭인 말을 듣고, 소름이 끼친 것처럼 눈을 치켜떴다.

〈라이키리마루〉의 칼날은, 세츠라의 가슴을 깊숙이 갈랐다.

——아니다. 정확히는, 새하얀 옷의 품속에 감춘, 까만 결정을 갈랐다.

"큭. 처음부터, 이걸 노린 거야——?"

세츠라가 그렇게 중얼거리자, 사쿠야는 고개를 끄덕였다.

——그때, 사쿠야가 〈시간의 마안〉으로 본, 하나의 미래.

그것은 언니가 허공에 이 검은 결정을 내미는 모습이었다.

그리고 〈보이드 로드〉가 그 언니를 삼키는 광경이었다.

——막아야 한다, 고 생각했다.

사쿠야는, 언니를 죽이기 위해서가 아니라——.

구하기 위해, 여기에 온 것이다.

"으, 크……윽……!"

사쿠야는 칼날에 꿰뚫린 한쪽 팔을 움켜쥐며, 그 자리에서 무너지듯 주저앉았다.

손에 쥔 〈라이키리마루〉는 허공에서 빛의 입자가 되어서 소멸했다.

"어리석어."

세츠라는 눈앞의 사쿠야를 내려다보며 중얼거렸다.

가면처럼 무표정한 그 미모에, 희미하게 짜증이 어렸다.

"기적적으로 구한 목숨을, 이렇게 버리러 오다니——."

세츠라는 거칠게 손을 뻗어서, 사쿠야의 목을 움켜쥐었다.

"큭…… 아, 아아아아아앗!"

세츠라의 진홍색 눈이, 흉흉하게 빛났다.

얼음처럼 차가운 손가락 끝이 목에 파고들었다. 마치, 시체 같은——.

"평온한 죽음을 주지 않겠어. 〈언데드〉 권속으로 만들어 줄게——."

"언, 니……!"

그 순간, 쉭—— 하고, 바람을 가르는 소리가 들리더니…….

세츠라의 팔이, 허공을 갈랐다.

(어?)

목을 잡고 있던 손아귀에서 해방된 사쿠야의 몸은 지면에 털썩 떨어졌다.

"그 검사는 이미 〈마왕〉님의 소유물입니다. 함부로 손대는 건 허락할 수 없어요."

목소리가 들려왔다. 유리처럼 맑고, 가련한 목소리였다.

세츠라가 뒤돌아봤다. 사쿠야 또한 같은 방향을 쳐다봤다.

——그러자 빌딩의 취수탑 위에, 두 사람을 내려다보고 있는 아담한 체구의 인물이 있었다.

"원하신다면, 제가 상대해 드릴까요? 아마, 저는 당신보다 강할 텐데 말이죠."

얼굴은, 어두워서 잘 보이지 않았다. 하지만 저 차림은——.

(메이드?)

왜, 이런 장소에 메이드가 있는 걸까――?

"……."

세츠라는 탑 위에 선 소녀의 그림자를, 지그시 보더니――.

이윽고 뒤돌아서면서 사쿠야의 곁에서 떨어졌다.

"언니!"

사쿠야는 어둠을 향해 걸어가는 세츠라를 향해 손을 뻗으며, 고함을 질렀다.

하지만 세츠라는 뒤돌아보는 일 없이, 어둠 속으로 모습을 감췄다.

◆

땅울림 같은 소리를 내며, 거대한 몸집을 지닌 샤다르크가 돌진했다.

여덟 개의 발이, 강철로 된 지면을 유린했다.

온몸을 뒤덮은 청백색의 뇌광은, 〈뇌신귀〉의 권능일까――.

"전술급 제8계위 마술―― 〈지열충파격(地烈衝破擊)〉!"

주문을 영창한 레오니스는 마장으로 지면을 때렸다.

허공에 생긴 돌기둥이 사방팔방에서 샤다르크를 압박했다.

(순수한 물리 공격 계열 마술은, 빛의 장벽으론 막을 수 없어.)

하지만――.

오오오오오오오오오오오오오오오오오오오오오!!

샤다르크는 포효를 지르며 돌기둥으로 된 감옥을 파괴했다.

그리고 아무 일도 없었다는 듯이 돌진했다.

(큭, 이 무식하게 힘만 센 놈이——.)

혀를 찬 레오니스는 또 주문을 영창했다.

베르제 파르가

"제6계위 마술——〈폭렬섬란포(幅裂閃亂砲)〉!"

제3계위의 파괴마술 〈파르가〉를, 부채꼴 방향으로 난사하는 마술이다.

격렬한 열기를 뿜는 무수한 빛 덩어리가 샤다르크를 휘말리게 하며 대폭발을 일으켰다.

——하지만, 이 정도 마술로는 생채기 하나 입힐 수 없다.

노림수는 바로, 방금 폭발로 빌딩을 무너뜨리는 것이다.

움직임을 멈춘 샤다르크를 향해, 초거대 질량 덩어리가 낙하했다.

쿠아아아아아아아아아아아아아앙!!

"인류가 낳은 질량 병기다. 아무리 영웅일지라도, 멀쩡하지는 못하겠지."

굉음을 내면서, 대량의 흙먼지가 피어올랐다.

레오니스는 이어서 주문을 영창했다.

제메시스 쥬라

"제10계위 광역 파괴 마술——〈마성초래(魔星招來)〉!"

허공에서 소환된 소행성이, 건물 파편에 묻힌 샤다르크를 향해 떨어졌다.

콰앙, 콰앙, 콰앙, 콰아아아아아아아아앙!!

"하아, 하아, 하아…… 큭?!"

——흙먼지 속에서, 샤다르크가 천천히 몸을 일으켰다.

멀쩡하지는 않지만, 치명상과는 거리가 멀었다.

"괴물 같은 놈……!"

신음 같은 목소리로 그렇게 중얼거린 후, 다음 주문을 영창하려 한 바로 그때였다.

샤다르크가 바람의 검을 아무렇지 않게 던졌다.

회오리로 건물 파편을 휘감으며, 신의 무기(가즈웨펀)가 일직선으로 날아왔다.

(큭, 마풍의 가호를 받은 검—— 피하는 건 불가능한가.)

반사적으로 〈봉죄의 마장〉을 내밀어서——.

키리리리리리리리리리릭——!

회전하는 검의 끝을, 마장의 자루로 받아냈다.

온몸을 감싼 검은 불꽃——〈블랙 타이런트〉가 격렬하게 불타올랐다.

"크…… 오, 오오오오오오오오오오!!"

——하지만, 완전히 받아낼 수는 없었다.

바람의 힘이 작렬한 레오니스는 그대로 튕겨나더니, 지면에 내동댕이쳐졌다.

"커, 억……!"

〈블랙 타이런트〉의 불꽃을 두르지 않았다면, 연약한 인간의 몸을 지닌 지금의 레오니스는 즉사했을 것이다.

(정말, 꼴사납군.)

샤다르크가 허공에서 〈전설급〉 무기를 다시 꺼내 들었다.

그리고 몸을 일으키려 하는 레오니스를 향해, 거대한 창을 던진——.

“하아아아아아아아아앗——!”

바로 그 순간. 상공에서 날아온 붉은 그림자가, 샤다르크의 팔에 검을 꽂아 넣었다.

“세, 세리아 씨?!”

레오니스는 화들짝 놀라며 눈을 치켜떴다.

찬란히 빛나는 백은색 머리카락. 진홍색 드레스를 걸친 리세리아였다.

“레오, 도망쳐——!”

리세리아가 필사적인 목소리로 외쳤다.

찔러넣은 〈블러디 소드〉의 칼날이 붉게 빛나더니, 피의 칼날이 휘몰아쳤다.

샤다르크에게 이 정도 공격은 간지러운 수준에 불과하다.

리세리아 따위는 날벌레에 지나지 않으리라.

하지만, 그런 보잘것없는 소녀에게——.

……오…… 오오오오…… 오오오오오오오오오오!!

육영웅의 〈검성〉은, 뜻밖에도 격렬한 반응을 보였다.

『여…… 신—— 제리……아…… 아아아아아아아아앗!』

(뭐?)

울려 퍼지는 그 목소리를 들은 순간, 레오니스는 자기 귀를 의심했다.

허무에 좀먹혀서 이성을 잃은 〈검성〉이, 말을 했다……?

(게다가…… 여신, 이라고 했나?)

샤다르크의 팔이, 리세리아의 몸을 움켜쥐었다.

그리고 자신의 육체에 흡수하려 했다.

"세리아 씨!"

레오니스는 고함을 지르며 내달렸다.

(젠장…… 저 자식, 리세리아를 흡수할 생각인가?)

격렬한 흙먼지가 피어 올리며, 레오니스는 건물 파편으로 뒤덮인 길을 내달렸다.

뭔가 유효한 전략이 생각난 것은 아니다. 달리면서, 필사적으로 생각했다.

저 녀석에게 마술은 통하지 않는다. 〈마왕〉에게 〈마검〉은 쓸 수 없다. 거대 질량 공격은 어느 정도 유효하다. 최대한 밀착한 상태에서 극대 파괴 마술을 날리면 어떨까. 저주는 유효할까.

영웅을 죽일 무수한 방법이, 뇌리를 스쳤다――.

하지만 최강 〈육영웅〉에게 유효한 작전은 존재하지 않았다.

"레……오…… 안…… 돼, 도망쳐――!"

리세리아의 몸 절반이 샤다르크의 육체에 삼켜졌다.

――늦었다.

"나를 봐라, 〈검성〉―― 샤다르크 신 이그니스!"

레오니스가 고함을 지른, 바로 그때――.

갑자기 그 손아귀에서 찬란한 빛이 생겨났다.

(뭐……냐?)

레오니스는 무심코, 멈춰 섰다.

모여든 빛의 입자가, 손안에 뭔가를 현현시켰다.

그것은, 어떤 물건과 비슷하게 생겼다.

〈네크로조아〉의 지하 영묘에서, 리세리아가 〈보이드〉와 싸울 때 쓴 무기다.

레오니스의 시대에는 존재하지 않았던 무기.

——권총. 그것이, 레오니스의 손안에 현현됐다.

(이, 이건, 설마—— 〈성검〉……인가?!)

〈성검〉—— 별이 인류에게 내린, 〈보이드〉와 싸우기 위한 힘.

그 무기는, 마치 오랫동안 써온 검처럼 손에 익었다.

총신에 새겨진, 빛나는 글자는—— 〈EXCALIBUR.XX(엑스칼리버 더블엑스)〉.

(〈마왕〉인 내가, 〈성검〉에 눈뜬 건가?!)

어째서, 이 타이밍에?

애초에 왜 써본 적도 없는 권총인 걸까?!

다양한 의문이 머릿속에서 휘몰아쳤지만——.

지금은, 그런 생각을 할 때가 아니다.

〈성검〉의 총구—— 그 끝에 마력의 빛이 모여들더니, 눈부신 섬광이 뿜어져 나왔다.

(이, 건…… 내, 마력이…… 급속히 소모——.)

레오니스의 막대한 모든 마력이, 그 한곳에 집중되는 것을 느낄 수 있었다.

전성기에는 미치지 못한다고는 해도, 레오니스의 모든 마력은 초위 마술을 연달아 쓸 수 있을 정도다.

그런 마력이 한 점에 응집된다면, 어느 정도의 위력일까——?

레오니스는 직감했다.

이것은—— 영웅을 죽일 수 있는 무기다.

레오니스는 〈성검〉을 양손에 쥐더니, 외눈박이 사내의 미간을 조준했다.

모든 마력이 총구에 응집되자, 세계를 덧칠할 듯한 빛이 뿜어져 나왔다.

(——내 모든 마력. 이걸 쏠 수 있는 건, 한 번뿐이다.)

이 한 방으로 해치우지 못한다면, 다음 기회는 없다.

호흡을 가다듬은 후, 손가락을 방아쇠에 걸었다.

바로 그때, 샤다르크가 레오니스 쪽을 돌아봤다.

(큭, 들켰나!)

오오오오오오오오오오오오오오오오오오——!

샤다르크는 리세리아의 몸을 움켜쥔 채, 건물 파편을 걷어차며 레오니스를 향해 돌진했다.

레오니스는 이를 갈았다.

쏴야 할까. 하지만 리세리아가 맞을 가능성이 있다. 레기나 수준의 실력을 지녔다면, 상대가 움직이고 있더라도 미간을 저격할 수 있을 것이다. 하지만——.

——바로 그때였다.

돌진하는 〈검성〉을 향해, 여럿의 거대한 존재가 달려들었다.

"아니?!"

〈올드 타운〉에 나타난, 거인 타입 〈보이드〉다.

그들이 차례차례 샤다르크에게 몰려들더니, 명확한 의지를 가

지고 공격을 퍼붓기 시작했다.

오오오오오오오오오오오오오……!

허무의 영웅은, 여덟 개의 팔과 무기를 휘둘러서 〈보이드〉를 상륙했다. 하지만 차례차례 덤벼드는 거인 타입 〈보이드〉는, 샤다르크의 발을 묶었다.

고국을 잃은 복수자들의 집념이—— 레오니스에게 기회를 만들어줬다.

——〈성검〉의 방아쇠를 당겼다.

뿜어진 섬광은, 영웅의 미간을 정확하게 꿰뚫었고——.

——쩌적——.

샤다르크의 이마에, 조그마한 균열이 생겨났다.

——쩌적…… 쩌저적…… 쩍…….

균열은 점점 커지더니, 영웅의 온몸을 뒤덮었다.

샤다르크의 팔에 그 균열이 뻗어가자, 리세리아가 지면에 떨어졌다.

"세리아 씨!"

레오니스는 폐허에 쓰러진 채, 고함을 질렀다.

모든 마력을 쥐어 짜낸 탓에, 일어설 수조차 없었다.

원통…… 〈여신〉……의 ……그릇을…… 발견하고도…….

샤다르크는 그녀를 향해 다른 팔을 뻗었지만, 그 팔은 바스러지듯 붕괴했다.

(그릇……이라고? 놈이 무슨 소리를——.)

우오오오오오…… 오오…… 오오오오오오오오……!

허무에 삼켜진 영웅의 포효가, 무너진 시가지에 울려 퍼졌다.

허공의 균열은 샤다르크의 온몸을 좀먹더니, 주위의 공간을 왜곡시켰다.

그리고——.

온몸에 매달린, 다수의 거인 타입 〈보이드〉를 길동무로 삼으면서…….

최강의 〈검성〉은, 균열 너머로 모습을 감췄다.

에필로그

Demon's Sword Master of Excalibur School

"세리아 씨…… 괜찮아요?! 세리아 씨!"

"으응…… 레……오……?"

레오니스가 몸을 숙이며 어깨를 흔들자, 리세리아는 희미하게 눈을 떴다.

"저기…… 〈보이드〉는……."

"허공의 균열 속으로, 사라졌어요."

쓰디쓴 표정으로 그렇게 말한 레오니스는 상공을 올려다봤다.

〈세븐스 어설트 가든〉 상공의 균열도 서서히 닫히기 시작했다. 저곳을 통해 침입한 〈보이드〉는 〈성검학원〉의 부대가 소탕했을 것이다.

(샤다르크와의 일곱 번째 대결은 결판이 안 났나.)

——하지만, 레오니스의 마력도 거의 바닥이 난 상태였다.

그대로 계속 싸웠다고 해서, 이겼을 거란 생각은 들지 않았다.

"그래. 레오…… 무사해서, 다행이야."

"세리아 씨, 너무 무모한 짓을 하지 마세요. 그래도, 덕분에 살았어요."

리세리아에게 구원받은 건, 이번으로 두 번째다.

리세리아는 미소를 짓더니, 레오니스의 손을 살며시 쥐었다.
레오니스가 쥐고 있던 〈성검〉은, 이미 사라졌다.
〈성검〉을 뜻대로 불러내는 방법을 모르니, 나중에 리세리아에게 물어봐야겠다.
(그건 그렇고, 설마 마왕인 내가 〈성검〉에 눈뜰 줄이야.)
그 가능성을 생각해 보지 않았던 것은 아니지만, 그래도 역시 놀라웠다.
하지만 어째서, 권총 형태인 것일까.
〈성검〉이 영혼의 형태를 구현한다면, 지팡이 혹은 용사 시절에 쓰던 검의 형태여야 하지 않을까?
〈성검〉—— 허무에게 대항할 수 있도록, 별이 인류에게 내린 힘. 하지만——.
정말 그런 걸까?
64년 전. 〈성검〉, 그리고 〈보이드〉는 어째서 이 세상에 갑자기 나타난 것일까——?
레오니스가 〈성검〉의 힘에 눈뜬 것이, 이 수수께끼를 풀 실마리가 될지도 모른다.
레오니스는, 사라져가는 하늘의 균열을 노려보았다.
허무에 좀먹힌 최강의 영웅—— 샤다르크 신 이그니스.
어찌 됐든 그와는 또 싸우게 될 것이다.
하지만 이대로는, 신과 〈마왕〉마저 흡수하며 무한히 진화하는 저 영웅에게 대항할 수 없다.
(〈마왕군〉의 재건이 급선무겠군. 그리고 그림자 속에 숨어 꿈

틀대고 있는 자식들도, 슬슬 성가시기 시작했어.)

레오니스는 하늘을 올려다보며, 오만한 미소를 머금었다.

(——슬슬, 내가 해치우러 갈 때인가.)

◆

——옛 베리아드 대륙, 남서 2700킬로미터.

심도 9044미터 지점——〈대해구〉.

어둠에 뒤덮인 심해에서 새빨간 불꽃이 타올랐다.

"하아. 정말 깊은 곳에 가라앉았네——."

진홍색 머리카락을 휘날리고 있는 절세의 미녀가, 황폐해진 유적 앞에서 어깨를 으쓱했다.

용신 기스아크를 비롯한 〈육영웅〉의 총공격에 추락한 〈아주르 포트〉다.

이곳에 있는 천체관측장치, 아르마게스트를 이용하면, 별의 배치의 변화와 1000년 전에는 존재하지 않았던 흉성의 수수께끼를 풀 수 있을지도 모른다.

유적 주위를 돌아보니, 거대한 용의 뼈가 무수히 가라앉아 있었다.

베이라는 눈을 살며시 감으며, 용감한 용사들을 마음속으로 애도했다.

그리고——.

"여왕의 귀환이야."

쿠아아아아아아아아아아앙!!

베이라는 주먹으로 후려쳐서 한 방에 문을 부수더니, 유적 안으로 침입했다.

맨발인 채, 황폐해진 유적 안을 활보했다.

유적의 최심부는 태고의 결계로 지켜지고 있기에, 바닷물에 잠기지 않았다.

"〈아르마게스트〉는 이 앞에 있었어——."

——안쪽에 있는 알현실로 향하던 도중…….

베이라는 갑자기 걸음을 멈췄다.

"누구야?"

〈용왕〉만이 앉는 것이 허락된 옥좌에, 누군가가 앉아 있었다.

——마치, 이 유적의 주인인 것처럼…….

"흐음, 목숨 아까운 줄 모르는 무례한 놈이 다 있네. 내가 자리를 비운 사이, 옥좌에 앉다니——."

베이라의 손바닥에, 홍련의 불덩어리가 생겨났다.

"나는 관대한 〈마왕〉이니까, 순식간에 불태워줄게."

무시무시한 홍련의 불꽃이 바위로 된 기둥을 순식간에 녹이면서, 옥좌에 앉은 존재를 향해 쇄도했다.

하지만——.

띠리이이이이이이이잉——.

불꽃은 그 존재에게 닿지 못한 채, 맑은 소리를 내며 그대로 소멸했다.

"아니?!"

베이라는 홍련의 눈동자를 치켜떴다.

불꽃의 잔재가 비춘, 그 자는 바로——.

얼음 같은 미모를 지닌, 자수정색 머리 소녀였다.

"설마 〈해왕〉 리바이즈 딥 씨?!"

성검학원의 마검사

Demon's Sword Master of Excalibur School

작가 후기

——새해 복 많이 받으십시오. 시미즈입니다. 오래 기다리셨습니다. 『성검학원의 마검사』 6권을 전해드립니다.

6권은 표지를 보면 알 수 있듯이 보이시 큐트 사무라이 걸, 사쿠야 양에게 초점을 맞춘 이야기였습니다. 〈오란〉을 멸망시킨 〈보이드 로드〉, 언데드로서 되살아난 언니, 그녀에게 〈마검〉의 힘을 부여한 존재—— 그리고, 드디어 〈마왕〉과 만나게 된 사쿠야는(실은 같은 기숙사에서 살고 있습니다만) 이제부터 어떻게 될까요……?

손에 넣은 새로운 힘으로 운명을 개척하는, 그녀의 활약을 기대해주십시오.

감사 인사를 드릴까 합니다. 이번에도 멋진 일러스트를 그려주신 토오사카 아사기 선생님, 정말 감사드립니다! 흑백 삽화도, 핀업 일러스트도, 전부 최고의 퀄리티인지라 그저 오체투지를 할 수밖에 없습니다. 코미컬라이즈를 맡고 계신 케이겐 아스카 선생님, 매편 정말 기대하고 있습니다. 감사합니다!

그리고 가장 감사드리는 건, 이 시리즈를 응원해주시는 독자 여러분입니다!

——다음 권, 〈마왕〉과 〈성검〉의 스토리는 새로운 스테이지로 나아갑니다.

잘 부탁드립니다!

2021년 1월 시미즈 유우

역자 후기

안녕하십니까. 근로청년 번역가 이승원입니다.

『성검학원의 마검사』 6권을 구매해 주셔서 진심으로 감사드립니다.

『성검학원의 마검사』 6권은 사쿠야의 이야기였습니다.

5권까지 수많은 떡밥을 던져왔던 사쿠야의 비밀이 왕창 공개됐습니다. 〈오란〉의 공주인 그녀가 나라를 잃고 〈성검사〉가 된 이유, 그리고 그녀에게 마검의 힘을 준 존재도 모습을 드러냈죠. 게다가 〈오란〉이 멸망하던 날에 죽은 언니가 다시 그녀의 앞에 나타나면서, 사쿠야의 이야기는 크게 진행됩니다. 작가님 말씀처럼 가장 주인공스러운 설정을 지닌 히로인! 입니다.^^

그런 그녀와 악연으로 얽혀 있는 샤다르크는 레오니스와도 악연으로 얽힌 사이였습니다. 인간이었던 시절의 레오니스를 용사로 만든 스승이자, 마왕이 된 후에도 몇 번이나 혈투를 벌인 존재……. 둘 사이의 악연은 1000년 후의 미래에서도 이어지고 있습니다. 〈보이드 로드〉와 〈인간〉이 되고도 이어지는 두 사람의 결전을 독자 여러분께서도 즐겨주시길!

그럼 이만 줄이겠습니다.

언제나 재미있는 작품을 맡겨주시는 노블엔진 편집부 여러분, 감사드립니다. 앞으로도 잘 부탁드립니다.

새집 이사가서 자랑한 악우여. 시스템 키친 되게 부럽다아아아아아아아아~.

마지막으로 제게 버팀목이 되어주시는 어머니와, 『성검학원의 마검사』를 읽어주신 모든 분께 진심으로 감사드립니다.

마왕은 미녀여야 한다! 는 21세기의 진리(^^)에 따르고 있는 『성검학원의 마검사』 7권 후기에서 다시 뵙겠습니다!

역자 이승원 올림

성검학원의 마검사 6

2025년 10월 15일 제1판 인쇄
2025년 11월 01일 제1판 발행

지음 시미즈 유우
일러스트 토사카 아사기

옮김 이승원

제작 · 편집 노블엔진 편집부

발행 데이즈엔터(주)
등록번호 제 2023-000035호
주소 07551 서울특별시 강서구 양천로 570 NH서울타워 19층
대표전화 02-2013-5665

ISBN 979-11-380-6257-2
ISBN 979-11-6524-662-4 (세트)

SEIKENGAKUIN NO MAKEN TSUKAI Vol.6